Petra Weise

Farbige Geschichten

Kurzgeschichten

Titelfoto: Sven Mehlhorn
„Bunter Schornstein", Chemnitz

Bibliografische Information der Deutschen Nationalbibliothek
Die Deutsche Nationalbibliothek verzeichnet diese Publikation in der
Deutschen Nationalbibliografie; detaillierte bibliografische Daten sind im
Internet über http://dnb.dnb.de abrufbar

© 2017 Petra Weise
Herstellung und Verlag: BoD – Books on Demand Norderstedt

ISBN 9-783744-834247

–

Vorwort

Das Leben ist bunt wie ein Regenbogen: Rot wie die Liebe und die Blumen, grün wie die Hoffnung und das Gras, blau wie die Treue und das Wasser oder gelb wie die Eifersucht und die Sonne.

Zu jeder der dreizehn Farben dachte ich mir Geschichten aus - lustige, traurige, dramatische und alltägliche Geschichten - und fasste sie zu dieser bunten Sammlung zusammen.

Einige dieser Geschichten wurden bereits unter dem Titel „Farbspiel" im Karina-Verlag, Wien veröffentlicht.

Tausend Farben, tausend Lichter,
tausend Farben und Gesichter.
Und irgendwo dazwischen
Du!

(Philipp Poisel)

Inhalt

Weiß ist die hellste aller Farben und steht für Reinheit, Unschuld, Hochzeit und Unsterblichkeit.

Ganz in Weiß – so gehst du neben mir
und die Liebe lacht aus jedem Blick von dir.
Ja, dann reichst du mir die Hand
und du siehst so glücklich aus
ganz in Weiß mit einem Blumenstrauß.

(Roy Black)

Der erste Satz

Ich weiß, worüber ich schreiben will, natürlich weiß ich das. Ich weiß nur nicht, wie ich anfangen soll, mit welchem Wort, mit welchem Satz. *Der erste Satz ist der wichtigste* habe ich gelernt. Allein mit diesem ersten Satz entscheidet sich, ob der Leser weiterliest oder meine Geschichte beiseite legt. Der erste Satz soll aufregend und spannend sein, darf sich nicht um das Wetter und auch nicht um so etwas Schnödes wie den Alltag drehen.
Dabei liebe ich ausgerechnet das Alltägliche,

das oft gar nicht so alltäglich ist. In jedem Alltag gibt es besondere Momente, worüber ich ganze Geschichten schreiben kann. Ich schreibe sehr gern Geschichten. In allen erzähle ich von Liebe und Hass, Geburt und Tod, Vertrauen und Betrug – es geht um das Leben, das lustig oder traurig, hässlich oder schön ist.

Doch jetzt sitze ich vor einem weißen Blatt Papier, das mir grell vom Bildschirm entgegen blendet. Ich suche nach diesem ersten so wichtigen Satz. Er muss unbedingt außergewöhnlich sein, den Leser beeindrucken, packen und direkt überwältigen. Das ist nicht so einfach, denn ich soll einen Artikel über einen Wettbewerb schreiben, einen Kuchen-Backwettbewerb. Der Initiator des Wettbewerbs ist gleichzeitig mein Auftraggeber und obendrein der beste Bäcker der Stadt – sagt er. Ich kaufe meinen Kuchen lieber bei einem anderen Bäcker oder backe ihn selbst.
Das sollte ich wohl besser nicht schreiben. Dieser Bäcker beschimpft alles, was nicht aus seiner Backstube kommt, als „Dreck". Sollte sich einer nicht an seine Rezepte halten, wäre es kein wirklicher Kuchen, sondern ein Verstoß gegen die Regeln, der zum Ausschluss führt. Dass sich jeder Kuchenbäcker an vorgegebene Rezepte halten muss, werde ich erwähnen –

aber nicht, dass ich selbst nur nach Gefühl backe. Mich würde dieser Bäcker wohl nicht in seiner Gruppe haben wollen. Ich frage zu viel. Dieser Bäcker erträgt keine Fragen, die setzt er mit Zweifel und Widerspruch gleich. Das habe ich gemerkt, als eine Teilnehmerin die Zutaten einfach gleichzeitig in die Schüssel gab. Der Bäcker schlug die Hände über dem Kopf zusammen und schrie: „Um Himmels Willen! Du MUSST zuerst die weiche Butter mit dem Zucker verrühren, bis alles eine weiß-schaumige Masse ergibt, erst dann kommen nach und nach die Eier dazu, zum Schluss löffelweise das gesiebte Mehl."

„Ich mache das immer so", sagte die Frau leise.

„Dann hast du es eben immer falsch gemacht", schnauzte der Bäcker.

„Aber warum ..." Weiter kam die Frau nicht.

Der Bäcker lief im Gesicht krebsrot an. „Willst du mich beleidigen? Ständig hast du etwas zu entgegnen! Du bist nicht in der Lage, dich in die Gruppe einzufügen. Du kannst nicht einmal einen Rat annehmen."

Die Frau war schon älter, viel älter sogar als dieser Bäcker. Sie erzählte mir von ihrer großen Familie mit sechs Kindern, 14 Enkeln und einem Urenkelchen und davon, dass alle an den Wochenenden zusammenkommen. Sie backt deshalb jeden Freitag zwei Kuchen.

Der Bäcker interessierte sich nicht für diese Geschichte. Er ärgerte sich über die Frau, die die Zutaten ohne abzuwiegen in die Schüssel gab. Das wäre ein klarer Regelverstoß und bei einer Wiederholung oder dem nächsten Widerwort würde er sie sofort hinauswerfen.

Die alte Frau blieb ruhig. Ihre Gelassenheit imponierte mir, während ich mich heftig über den Bäcker ärgerte.

Ich schreibe nicht nur gern, ich lese sehr viel und liebe Bücher. Das sieht jeder sofort, der in meine Wohnung kommt. Außer im Bad habe ich in jedem Zimmer Regale bis an die Decke voller Bücher, die ich alle gelesen habe. Doch nicht alle Bücher lesen sich gut. Und kaum eine der Geschichten hat mich vom ersten Satz an begeistert. Keiner dieser Sätze war bedeutsam oder gar spektakulär, nicht einmal verblüffend oder beeindruckend.

Über den ersten Satz mache ich mir sehr wohl Gedanken, aber er hat für mich nicht solch eine schwerwiegende Bedeutung. Meist erzähle ich einfach los und beginne gern mit einem Dialog. Damit kann man seine Helden wunderbar vorstellen, deren Charakter und die Situation beschreiben, in der die Geschichte spielt. Das kann ich gut. Trotzdem sieht der Leser meinen Helden oft ganz anders als von mir geschildert.

Wesenszüge, die ich mag, kann er vielleicht nicht ertragen. Er leidet oder freut sich an den „falschen" Stellen. Immerhin ist er allein mit meinem Text, kann nichts hinzufügen und nichts weglassen. Er nimmt alles so hin wie ich es ihm darbiete, denn zwischen dem Verfasser und dem Leser gibt es nichts, keine Störung.

Schwieriger wird es, wenn meine Geschichte verfilmt wird. Da gibt es außer meinem Text und dem Leser viele Menschen, die die Geschichte verändern. Das beginnt bereits mit der Auswahl der Schauspieler, die möglicherweise anders aussehen und anders sprechen als von mir erdacht. Nein, ein Schauspiel widerspricht vollkommen meinem Ordnungssinn. Ich habe mir meine Geschichte ausgedacht und mit meinen ureigenen bedeutungsvollen Worten aufgeschrieben.

Doch jetzt suche ich nach meinem unvergleichlich eindrucksvollen ersten Satz, mit dem ich meinen Artikel über den Kuchen-Back-Wettbewerb beginne. Ich bin fest entschlossen, bei der Wahrheit zu bleiben, denn es soll keine Werbung für den Bäcker werden, sondern ein Bericht für die lokale Zeitung. Nun weiß ich, dass ich wieder mit einem Dialog beginne:
„Das ist kein Kuchen!", ruft der Bäcker empört.

Schwarz-Weiß

„Was ist? Warum schimpfst du so?", will Frank wissen.

„Ach, meine Schwester hat mir Fotos gemailt."

„Das ist doch schön."

Sonja schnauft verächtlich. „Die Fotos aber nicht. Die sind alle nur schwarz-weiß."

Sonjas Schwester Simone ist Fotografin. Keine gewöhnliche Fotografin, sondern eine echte Künstlerin. Und Künstler knipsen nicht wie Sonja drauflos, sondern machen ein richtig gutes Foto. Es dauert immer schrecklich lange, bis Simone endlich auf den Auslöser drückt. Und das Ergebnis ist immer schwarz-weiß.

Auf dem Bild steht Simones Tochter Luise hinter einer großen Torte und versucht, drei Kerzen auszublasen. Die Torte ist grau wie Luises Kleidchen. Auf dem nächsten Foto hält Luise einen großen schwarz-weiß-grauen Blumenstrauß im Arm und lacht in die Kamera. Man sieht die strahlenden Augen, aber man erkennt nicht, dass sie grün sind.

Simone ist davon überzeugt, durch das Entfernen der Farbe Schwerpunkte auf Licht und Schatten, auf Kontraste, Formen und Strukturen zu lenken. Sie meint, der Betrachter würde von Farben abgelenkt.

Deshalb schenkte sie Sonja einen künstlerisch wertvollen Fotokalender. Auf jeder Seite Luise in schwarz-weiß: im Januar auf dem Schlitten, im Februar im Faschingskostüm. Luise trug ein schwarz-graues Clown-Kostüm, ihr Gesicht zeigte einen großen weißen Mund mit schwarzem Rand, um die Augen riesige weiße Ovale mit schwarzen Brauen. Luise auf ihrem Dreirad oder auf einer Wiese inmitten schwarz-weißer Blumen, beim Baden im See. Das Dezemberblatt zeigt Luise in einem grauen Kleidchen neben einem schwarzen Weih-nachtsmann mit weißem Bart. Sonja mag solch einen Kalender nicht aufhängen, er stimmt sie traurig.

Sonja liebt Fotos. Sie wählt ihre schönsten aus und bestellt per Internet Papierabzüge. Diese klebt sie dann in ein Album und schreibt einen passenden Text dazu. Von Luise klebt sie nur die Bilder ein, die sie bei den seltenen Besuchen selbst knipst. Natürlich in Farbe.

Sonja liebt Farben. Schwarz und Weiß sind keine Farben.

„Ich finde das Foto hübsch", meint Frank.

„Die kleine Luise ist hübsch", entgegnet Sonja.

„Das Bild ist grauenhaft, grau wie grauenhaft. Erinnerst du dich an Luises ersten Geburtstag?

Sie trug einen weißen Pulli und einen schwarzen Kleiderrock, dazu weiße Strumpfhosen und schwarze Schuhe."

„Na und? Reine Geschmackssache", winkt Frank ab.

„Schwarz hat nichts mit Geschmack zu tun. Schwarz steht für Trauer. Allein dafür habe ich eine schwarz-weiße Bluse und schwarze Wäsche im Schrank."

„Jetzt übertreibst du aber. Und ich sage dir noch etwas: dein Schwarz-Weiß-Denken ist krank."

„Wie meinst du das?"

„Na, für dich ist eine Sache entweder richtig oder falsch, gut oder böse."

„Man muss sich entscheiden können. Ja oder nein. Ich mag das oder ich mag das nicht."

„Und was magst du lieber?", will Frank wissen. „Schwarz oder Weiß?"

„Weiß natürlich. Wie ein leeres weißes Blatt, worauf ich etwas schreiben oder malen kann."

„Dann ist es aber nicht mehr weiß."

„Eben. Genau deshalb."

Frank zuckt mit der Schulter. Es hat keinen Sinn, mit Sonja zu streiten. Er steht auf und geht in die Küche. „Ich mache jetzt Kaffee." Dann setzt er lachend hinzu: „Willst du deinen Kaffee schwarz oder weiß?"

GELB ist eine warme Farbe, man denkt an Sonne und Licht. Gelb steht für Wachheit, Kreativität und einen schnellen Verstand. Sie wird aber auch mit Neid, Feigheit und Verrat in Verbindung gebracht.

Willst du mir eine Sonne malen?
Schön groß und gelb und rund
mit wunderschönen Sonnenstrahlen
und einem lachend roten Mund.
(Petra Weise)

Das Rapsfeld

„Gelb ist die allerallerschönste Farbe der Welt", stellt mein Enkel Fabian fest.
„Deshalb malst du wohl so gern die Sonne?", will ich wissen.
Wenn Fabian malt, malt er zuerst eine dicke gelbe Sonne oben rechts in die Ecke. Und er malt ihr zwei Augen, eine Nase und einen großen lachenden Mund.
„Woher weißt du eigentlich, dass die Sonne lacht?"

„Na, du sagst doch immer: schau, wie die Sonne lacht."

„Da hast du recht", stimme ich Fabian zu.

„Und welche gelben Sachen gefallen dir noch?"; nehme ich das Gespräch wieder auf.

„Die schönen Haare von Mama."

Ich streiche Fabian über seine blonden Locken und gebe ihm einen dicken Kuss.

„Und das Postauto. Und meine gelbe Jacke. Und der Raps." Er zeigt auf sein Blatt, das voller gelber Striche und Kreise ist und offenbar ein Rapsfeld darstellen soll.

Rapsfeld. Ich seufze. Früher mochte ich die leuchtend gelben Rapsfelder sehr, doch seit dem furchtbaren Unglück vor vier Jahren kann ich sie nicht mehr ersehen. Mein Neffe fuhr damals die Dorfstraße hinauf, wo gerade wunderbar der Raps blühte. Aus dem Feldweg kam der kleine Ralf auf seinem Fahrrad. Der Raps stand so hoch, dass Ralf das Auto nicht kommen sah und mein Neffe den Jungen nicht. Ralf starb noch am Unfallort. Mein Neffe hat sich von diesem schrecklichen Erlebnis nie ganz erholt. Und ich muss seitdem bei jedem Rapsfeld an meinen Neffen und den kleinen toten Jungen denken.

„Mama? Träumst du?" Erschrocken schaue ich

auf. Vor mir steht meine Tochter Gabi. Ich war so in Gedanken versunken, dass ich sie gar nicht kommen hörte.

„Alles in Ordnung? Ich nehme Fabian mit."

„Wollt ihr nicht mit zu Abend essen?"

Meine Tochter schüttelt den Kopf. „Nein, wir haben noch was vor. Das Kindermädchen passt auf den Kleinen auf."

„Warum lässt du Fabi nicht einfach hier? Er kann hier schlafen und du sagst dem Kindermädchen ab."

„Juhuu!", jubelt Fabian. „Ich bleibe bei der Omi! Ich darf hier schlafen."

Gabi überlegt kurz, doch sie schüttelt wieder den Kopf. „Nein, Mama. Das ist jetzt so abgesprochen."

Spät am Abend klingelt mein Telefon.

„Fabi ist weg." Die Stimme meiner Tochter klingt seltsam fremd.

„Wie spät ist es?" Ich merke, dass das eine dumme Frage ist.

„Mama, kannst du kommen? Sofort?"

Ich nicke, obwohl Gabi das nicht sehen kann, ziehe mir schnell den Mantel über und fahre die wenigen Kilometer bis zu ihrem Haus. Schon von weitem blinken mir Blaulichter von vielen Polizeiwagen entgegen. Sie beleuchten gespenstisch die schwarzen Uniformen der unzähligen, auf der Straße stehenden Beamten. Ein Polizist versperrt mir den Zugang zum Haus.

„Ich bin die Oma, Fabians Oma, ich muss hinein und meiner Tochter beistehen."

Jetzt darf ich ins Haus. Im Flur neben dem Telefon sitzt ein Polizist. Neben ihm hockt zitternd Gabi.

„Ich verstehe das nicht. Ich verstehe das nicht", murmelt sie immer und immer wieder. Mich bemerkt sie gar nicht. Ich kauere mich neben sie und lege ihr meine Hände auf die Knie.

„Mama, was soll ich nur tun?", schluchzt sie.

Ich streichle über ihre Arme. „Alles wird gut, ganz bestimmt."

Torsten, mein Schwiegersohn, nimmt mir den Mantel ab und führt mich ins Wohnzimmer. Er berichtet hastig, als wolle er alles schnell hinter sich bringen.

„Als wir nach Hause kamen, schaute Marlene, das Kindermädchen, einen Film. Sie versicherte mir, dass alles in Ordnung wäre und ich gab ihr die zehn Euro fürs Aufpassen. Inzwischen rannte Gabi hoch ins Kinderzimmer. Dort hörte ich sie herumlaufen und schließlich nach Fabi schreien. Sie schrie immer lauter. Er war nicht in seinem Bett und auch nicht im Bad. Wir haben das ganze Haus abgesucht und in alle Schränke geschaut, doch den Jungen fanden wir nicht. Dann habe ich gesehen, dass seine Jacke fehlt und sofort die Polizei angerufen. Die sind recht schnell gekommen und haben am Telefon eine Fangschaltung installiert."

Verwundert schaue ich Torsten an.

„Falls Fabi entführt wurde und sich jemand mit einer Forderung meldet."

Jetzt bin ich wirklich erschrocken. Fabian entführt? Gabi und ihr Mann haben nicht mehr Geld als andere Leute auch. Dem Jungen wird langweilig geworden sein und er ist einfach hinaus gegangen. So ein kleiner Frechdachs. Doch an seine Jacke hat er immerhin gedacht. Am liebsten würde ich gleich hinauslaufen und den Jungen suchen. Doch ich kann Gabi unmöglich hier allein lassen.

„Ich werde euch jetzt einen Tee kochen", verkünde ich und gehe entschlossen in die Küche.

Torsten läuft mir nach. „Bleibst du hier bei Gabi? Ich kann hier nicht herumsitzen, ich will suchen helfen."

Ich nicke, setze Teewasser auf und gehe zurück in den Flur. Dort kauert Gabi immer noch mit angezogenen Beinen neben dem Polizisten und jammert leise vor sich hin. Ich fasse sie unter dem Ellenbogen und ziehe sie sanft nach oben.

„Komm, mein Kind, wir trinken jetzt einen Tee. Der wärmt uns durch und beruhigt."

Gabi nickt, doch ihre weit aufgerissenen Augen zeigen mir deutlich, dass sie sich nicht beruhigen würde. Genau in diesem Moment kommt unser Dorfarzt zur Tür herein. Erleichtert grüße ich ihn. Er gibt Gabi eine Spritze und empfiehlt ihr, sich ins Bett zu legen.

„Nein!", schreit sie hysterisch. „Ich bleibe hier. Ich will nicht schlafen. Was haben Sie mir gegeben?"

„Nur etwas zur Beruhigung."

Ich nicke dem Arzt zu. Er verabschiedet sich und verspricht, in einer Stunde noch einmal vorbei zu schauen. Ich führe Gabi zum Sofa und drücke ihr die Tasse Tee in die Hand. Sie zittert und ich muss sie halten. Ich setze mich in den Sessel neben sie und streichle wieder ihre Arme. Schließlich schläft Gabi ein.

Nun laufe ich nach draußen und sehe, dass die Polizisten eine breite Kette gebildet haben und über die Wiesen hinunter zum Wald laufen. Der Wald endete am Fluss, der noch Hochwasser von der Schneeschmelze oben im Gebirge führt. Ich darf gar nicht daran denken, dass der kleine Fabian allein in den Wald und vielleicht sogar bis hinunter an den Fluss gelaufen sein könnte. Mir wird sofort schwindlig vor Angst.

Die Leute aus dem Dorf gehen auf der anderen Seite übers Feld den Hang hinauf. Sie bilden keine Kette, sondern kleine Gruppen. Ich eile ihnen hinterher, komme aber mit meinen alten Beinen nicht so schnell vorwärts. Ich höre die Anderen laut nach Fabian rufen, bis die Rufe immer leiser werden und schließlich in der Ferne ganz verschwinden.

Direkt neben dem Rapsfeld bleibe ich stehen und muss verschnaufen. Mir fehlt schnell die Luft, wenn ich mich so beeile. Am liebsten würde ich mich hinsetzen. Doch ich fürchte, nicht wieder hoch zu kommen. Schließlich entdecke ich einen Baumstumpf, auf den ich mich hocke. Ich hatte in der Eile nicht an eine Taschenlampe gedacht, doch es ist trotz der späten Stunde nicht stockdunkel. Ich schaue nach oben. Man kann Wolken erkennen und den Mond. Er leuchtet hell wie eine Laterne und der Raps gibt das Licht fast gespenstisch zurück. Mir ist zum Weinen zumute. Ich mag mir nicht vorstellen, dass dem kleinen Fabian etwas zugestoßen sein könnte. Er ist erst vier Jahre alt. Man muss den Jungen ständig im Auge behalten, er ist unermüdlich auf seinen kleinen Beinen unterwegs und will seine Welt entdecken. Ich liebe ihn sehr und bete in Gedanken, dass er bald gefunden wird.

Plötzlich höre ich ein leises Wimmern. Mir ist ein wenig unheimlich zumute so allein mitten in der Nacht. Doch es ist vermutlich nur irgendein Tier, vielleicht eine Katze. Ich lausche angespannt, doch das Geräusch ist verschwunden. Da höre ich es wieder. Fast klingt es wie Weinen, das Schluchzen eines Kindes. Ich springe auf.

„Fabian! Fabi! Bist du hier?"

Das Weinen wird lauter. Nun bin ich mir sicher, ein Kind zu hören.

„Fabi! Hier ist die Oma. Hörst du mich?" Ich lege meine Hand wie einen Trichter an mein Ohr. Doch es bleibt still und ich glaube schon, mich narren meine Gedanken und Ängste. Da höre ich es wieder, das Weinen. Ich versuche, genau die Richtung zu finden, in der ich das Weinen vermute und halte nach jedem Schritt immer wieder inne, um mich zu orientieren.

Schließlich stehe ich vor einem gelben Häufchen mitten im Rapsfeld. Ich erkenne sofort Fabians Jacke und kauere mich neben ihn. Ich umfasse das Bündel, nehme es fest in meine Arme und wiege es hin und her - bis das Weinen aufhört.

„Mein kleiner Mann, du musst nicht mehr weinen. Die Oma ist hier und bringt dich zurück zu Mama und Papa."

Ich drücke Fabian an mich, der schließlich

seinen Kopf hebt und die Arme um meinen Hals schlingt. Nun wird alles gut. Ich suche in meinen Taschen nach dem Handy, kann es aber nicht finden. Ich verfluche meine Angewohnheit, es daheim immer sofort aus der Tasche zu nehmen, auszuschalten und ins Schubfach zu legen. Also nehme ich den Jungen auf den Arm und trage ihn aus dem Rapsfeld hinaus auf den Weg, zurück zum Haus und lege ihn neben Gabi aufs Sofa.

Das gelbe Baby
aus „Ein halbes Leben"

29. Februar 1986. „Manfred, ich glaube, es geht los." Susi rüttelte an Manfreds Schulter.

„Was?" Schlaftrunken richtete sich Manfred im Bett auf und schaute auf die Uhr. Drei Uhr mitten in der Nacht.

„Das Baby. Ich glaube, das Baby kommt."

„Gut. Du ziehst dich in Ruhe an und ich laufe schnell rüber zu meiner Mutter."

Manfreds Mutter war Hebamme und sollte bei der Geburt helfen.

„In einer halben Stunde bin ich zurück und bringe dich in die Klinik."

Die nächste Telefonzelle, von der aus man einen Krankenwagen rufen konnte, war weiter entfernt als die Klinik selbst. Also gingen sie zu Fuß und stapften durch den tiefen Pulverschnee, der leicht wie Luft war. Susi krallte sich in Manfreds Arm, um nicht zu fallen.

„Heute ist der 29. Februar. Ist das nicht lustig? Diesen Tag gibt es nur aller vier Jahre. Außerdem ist heute Sonntag. Unser Kind wird ein Sonntagskind, ein glückliches Kind, ein fröhliches Kind, das uns nur Freude macht", plapperte Susi ohne Pause und versuchte, ihre

Angst wegzureden.

Noch vor Sonnenaufgang war die kleine Anett geboren. Anett bedeutet *die Anmutige,* ein wunderschöner Name. Susi war glücklich und schlief erschöpft ein.

„Wach auf!" Manfreds Mutter rüttelte an Susis Schulter. „Du musst mir jetzt gut zuhören."

Susi öffnete lächelnd die Augen und schaute in das ernste Gesicht ihrer Schwiegermutter.

„Ist etwas nicht in Ordnung?", fragte sie besorgt.

„Wir haben dein Baby in die Kinderklinik geschickt. Das Blut soll ausgetauscht werden", erklärte Manfreds Mutter.

Susi fuhr hoch. „Warum?"

„Es ist ganz gelb."

„Mein Kind ist gelb? Was bedeutet das?"

Die Schwiegermutter zuckte unsicher mit der Schulter. Susi geriet in Panik. Plötzlich fiel ihr etwas ein. „Dein Mann und deine Tochter haben auch eine gelbe Haut. Hast du das dem Arzt nicht gesagt?"

Vater und Schwester von Manfred hatten eine auffallend dunkle Hautfarbe, die leicht gelb schimmerte. Für Manfreds Vater war das im Krieg ein großes Glück, denn die Ärzte glaubten an eine Gelbsucht und steckten ihn viele Monate in ein Lazarett. Manfreds Schwester wurde bei jedem Arztbesuch auf ihre gelbe Haut angesprochen und gründlich untersucht. Aber keine dieser Untersuchungen ergaben eine Gelbsucht oder eine andere Leberkrankheit.

„Mein Kind ist nicht krank. Es hat die gelbe Hautfarbe nur geerbt!" Susi weinte. Sie glaubte nicht daran, dass den Ärzten der Blutaustausch ausreicht. Sie würden weiter nach einer Ursache suchen, die es vielleicht gar nicht gab. Vor ihrem inneren Auge sah sie ihr kleines Baby zwischen großen medizinischen Geräten und fühlte, wie es vor Schmerzen schrie.

Da Sonntag und somit Besuchstag war, durfte Manfred fast eine Stunde lang Susi im Arm halten und trösten. „Alles wird gut", versprach er, aber seine Stimme hörte sich dünn an.

Die anderen sieben Frauen im Zimmer lachten viel, die Schwestern trugen lustig bunte Papierhütchen, denn es war Fasching.

Daheim schoss die Muttermilch in Susis Brüste, die extrem anschwollen und entsetzlich schmerzten. Susi band die riesigen Brüste mit zwei Windeln nach oben und knotete die Enden hinter dem Hals zusammen. Alles schien ihr auf einmal unerträglich.

Die kleine Anett lag inzwischen in der Kinderklinik hinter einer Glaswand, die keine Bakterien hindurch ließ. Die kleinste Infektion würde den Tod des Kindes bedeuten. Susi und Manfred standen hilflos im Gang und versuchten, wenigstens aus der Entfernung irgendwie ihr Kind zu spüren. Sehen konnten sie es nicht, denn es lag im dritten Bett weiter hinten im Raum.

„Sie kommen am Donnerstag sechs Uhr hierher!" Der Arzt schaute Manfred an. „Sie begleiten Ihr Kind beim Transport nach Leipzig." Der Arzt drehte sich um und ging weg, ohne dass Susi etwas fragen konnte.

Donnerstag. Manfred stand pünktlich sechs Uhr vor dem Arztzimmer. Eine Stunde später drückte man ihm ein kleines Bündel in den Arm.

„Gehen Sie in Haus A ins Wartezimmer, Sie werden aufgerufen!"

Manfred rührte sich nicht. Er war starr vor Schreck. Dieses Bündel war seine schwer kranke Tochter, für die jede Bakterie ihren Tod bedeutet. Manfred trug keinen Mundschutz, keine Handschuhe, nicht einmal einen weißen Kittel über seinem Winteranorak, der voller Trabi-Abgase war.

Manfred hätte gern gewusst, ob es einen geschützten Gang zu Haus A gibt oder ob er einfach so mit dem kranken Kind auf dem Arm hinaus in die kalte Winterluft gehen und das Haus A suchen sollte. Vorsichtig hielt er die

Kleine im Arm und drückte mit dem Ellenbogen die Türklinke herunter, um ins Treppenhaus zu gelangen.

Auf dem Hof traf Manfred einen freundlichen Mann, der ihm den Weg zu Haus A beschrieb. Manfred öffnete seinen Anorak und schob das Bündel zwischen das Futter und seinen Pullover.

Der Warteraum war kein abgeschlossener Raum, sondern ein zugiger Gang. Hier saßen und standen gut zwanzig Personen. Es war ein ständiges Kommen und Gehen von Patienten, die von einer Klinik in eine andere transportiert wurden. Bei jedem Öffnen der Tür wehte ein Schwall eiskalter Luft in den nach Medikamenten und Schweiß stinkenden Gang. Nach gut zwei Stunden rief endlich eine tiefe Stimme: „Leipzig. Schnell!"

Manfred stand auf und ging zur Tür. Im Krankenwagen saß bereits eine sehr füllige alte Dame und auf der Liege in der Mitte lag ein Mann, der leise stöhnte. Außer Manfred stiegen ein weiterer Mann zu und eine junge Frau, die ein ebensolches Bündel wie Manfred im Arm hielt. Manfred entdeckte, dass mehrere dünne Schläuche aus Mund und Nase des fremden Säuglings heraushingen, die mit Pflastern im Gesicht festgeklebt waren.

„Mein Kind hat eine Magensonde", erklärte die

junge Frau, die Manfreds Blicke bemerkte „und muss aller halben Stunde Nahrung bekommen. Inzwischen sind vier Stunden vergangen und ich habe große Angst um mein Kind."

Die Frau zitterte am ganzen Körper, obwohl es im Krankenwagen heiß und stickig war. Auch sie sollte ihr krankes Kind nach Leipzig begleiten, wo sie fast zwei Stunden später eintrafen. Manfred war froh, dass sie zuerst zur Kinderklinik fuhren und somit noch vor all den anderen Kranken aussteigen konnten. Er atmete tief durch an der frischen Luft und beugte sich schützend über sein kleines Mädchen. Es hatte die ganze Zeit über keinen Ton von sich gegeben. Offensichtlich fühlte es sich geborgen in Manfreds Armen.

Nachdem Manfred eine weitere Stunde in einem dunklen Gang gewartet hatte, nahm ihm eine Schwester sein Kind ab.

„Sie können gehen."

„Wohin?"

Erstaunt drehte sich die Schwester um und schaute Manfred fragend an.

„Wie geht es weiter? Soll ich warten'?"

„Nein. Ich sagte doch, dass Sie gehen können."

„Kann ich anrufen?"

Die Schwester zuckte mit der Schulter. „Wir geben keine telefonischen Auskünfte. Besuchszeiten sind Mittwochs und Sonntags von drei bis vier."

Gleich am Sonntag fuhren Susi und Manfred nach Leipzig. Vor der Klinik warteten unzählig viele Menschen darauf, ins Gelände zu dürfen. Einige schubsten und drängelten nach vorn, andere standen abseits und schauten wie abwesend vor sich hin. Schlag 15 Uhr öffnete der Pförtner das Tor und die Menschen rannten hindurch.

Susi und Manfred fanden die Kinderklinik schnell, mussten aber lange nach der Station suchen, auf der ihre kleine Tochter liegen sollte. Eine Auskunftsstelle gab es nicht. Die Tür im Erdgeschoss war verschlossen, die im ersten Stock ebenfalls. Im zweiten Stock hörten sie leises Stimmengemurmel und trafen auf eine Menschentraube, die sich vor einer geöffneten Tür drängte und versuchte, in das dahinter liegende Zimmer zu schauen.

„Da hinten in dem Raum sitzen Kinder", berichtete Manfred, der so groß war, dass er über die meisten Köpfe hinweg sehen konnte.

„Darf ich mal durch?", bat Susi.

„Wir wollen alle nach vorn und unsere Kinder sehen", erklärte ein Mann. „Aber in der Tür haben nur vier Leute Platz."

„Ich verstehe nicht", stammelte Susi.

„Ganz einfach: hinter der Tür ist der Schlafsaal,

in dem die Kinder liegen. Fünf Meter von der Tür entfernt stehen kleine Stühlchen, auf dem einige Kinder sitzen. Die Kinder, denen es schlechter geht, und die Säuglinge liegen hinten in ihren Bettchen. Die kann man nicht sehen."

„Das ist ja furchtbar."

Plötzlich hörte Susi einen durchdringenden Schrei. Ein kleiner Junge hatte versucht, zur Tür zu laufen, wo seine Mama stand, und wurde von einer Schwester grob zurück und in den hinteren Raum gezerrt. Eine Frau trat zurück, vermutlich die Mutter des Jungen. Sie schlug die Hände vor ihr Gesicht und klagte: „Ich ertrage es nicht. Ich ertrage es nicht."

„Gibt es hier keinen Arzt, mit dem man sprechen kann?", wollte Susi wissen.

„Nein. Heute ist Sonntag. Vielleicht haben Sie am Mittwoch Glück."

„Komm, Susi, wir gehen. Hier zu warten bringt nichts. Wir kommen am Mittwoch wieder."

„Was ist mit unserem Kind?"

„Die Blutwerte sind nicht normal."

„Aber das ist doch nicht schlimm. Ich meine, ich könnte es im Arm halten, damit es seine Mutter spürt. Das ist doch wichtig."

„Was wichtig ist bestimme ich", fauchte ein Mann im weißen Kittel, der offensichtlich ein

Arzt war. Neben ihm standen zwei weitere Männer in weißem Kittel und eine Frau. Die Frau hielt die Arme vor der Brust verschränkt und verdrehte ihre Augen. Manfred legte seinen Arm beruhigend um Susis Schultern.

„Hören Sie! Wir warten jetzt seit einer Stunde auf ein Arztgespräch. Und unser Kind haben wir nicht einmal gesehen. So geht das nicht." Susi zitterte.

„Gehen Sie! Ich habe es nicht nötig, mich mit einer derart aufgebrachten Frau abzugeben."

„Ich gehe nicht eher bis ich weiß, warum unser Kind hier bleiben muss und was Sie mit ihm machen."

Die letzten Worte hatte der Arzt nicht mehr gehört, denn Susi wurde von den zwei Männern grob aus dem Zimmer geschoben.

„Lassen Sie meine Frau los!" Manfred war derart fassungslos, dass er erst eine Weile brauchte, um seine Sprache wiederzufinden.

Am Sonntag fuhren Susi und Manfred nicht nach Leipzig, da sie ihr Kind ohnehin nicht sehen durften. Sie standen am Mittwoch weit vorn in der Warteschlange vor dem Arztzimmer. Die Tür öffnete sich, aber Susi und Manfred wurden nicht hereingebeten, statt dessen die junge Frau hinter ihnen.

„Jetzt sind wir dran!", beschwerte sich Susi.

„Sie kommen hier gar nicht mehr dran."

Mit offenem Mund und ausgebreiteten Armen starrte Susi auf die anderen Besucher. Aber die schauten zur Seite und schienen alles in Ordnung zu finden. Susi riss die Tür auf.

„Familie Herzog?", hörte sie neben sich eine ruhige freundliche Stimme. Ein älterer Herr wies mit dem Arm auf eine offene Tür im Gang. *Professor* stand am Schild auf dem Tisch.

„Bitte nehmen Sie Platz!" Der Professor wies mit der Hand auf die beiden Stühle, die vor seinem großen Schreibtisch standen. „Ihr Kind hat eine sehr seltene Anämie mit zu vielen roten Blutkörperchen."

„Und was bedeutet das?"

„Das wissen wir nicht. Es gibt praktisch keinen Vergleichsfall."

„Können wir Anett mit nach Hause nehmen?"

„Nein, aber Sie dürfen ihr Kind während der Besuchszeiten hier im Gelände ausfahren. Die frische Luft und der Kontakt zu Ihnen wird ihm gut tun."

Der Professor erklärte, dass sie regelmäßig das Blut untersuchen, um bei einer Verschlechterung der Werte sofort das Blut auszutauschen. „Außerdem entnehmen wir Gewebeproben aus der Leber."

Susi zuckte zusammen.

„Keine Sorge, Frau Herzog. Wir sind eine sehr

moderne Universitätsklinik und haben auch in unseren Hörsälen die besten Bedingungen für diesen kleinen Eingriff."

„Hörsäle? Wieso denn Hörsäle?" Susi sprang von ihrem Stuhl auf. Auch der Professor erhob sich.

„Sie können Ihr Kind jetzt ausfahren, die Stationsschwester ist informiert und hat alles vorbereitet. Wir sehen uns immer am ersten Mittwoch im Monat. Guten Tag."

Manfred zog Susi aus dem Zimmer. Im Gang wartete eine Krankenschwester, die ein Baby im Arm hielt. Sie schaute Susi freundlich an und reichte ihr das Kind. „Der Kinderwagen steht unten im Treppenhaus. Ich warte pünktlich 16 Uhr im Hauseingang auf Sie."

Susi drückte die kleine Anett fest an sich und stieg mit ihr im Arm vorsichtig die Treppen hinunter. Dort legte sie ihr Baby in die Kinderkutsche, Manfred öffnete die Tür und sie fuhren hinaus in den Park. An einer Bank hielten sie an und bestaunten ihre Tochter, als wäre sie ein großes Wunder. Das kleine Gesicht wirkte wie das einer Puppe, sehr helle Haut, hellblaue runde Augen und hellblonde, fast weiße Haare. Susi schob erstaunt die Mütze zurück.

„Das verstehe ich nicht. Wir sind beide dunkel."

„Sie ist eben ein blonder Engel", versuchte

Manfred zu scherzen.

„Sag so etwas nicht!", bat Susi erschrocken.

„Was ist denn los?" Manfred fuhr mitten in der Nacht hoch. Susi hatte mehrmals laut geschrien. Nun saß sie zitternd im Bett und umschlang ihre Knie mit den Armen. Manfred zog sie zu sich heran und drückte sie gegen seine Schulter. Da fing Susi an zu weinen. Sie schluchzte so sehr, dass ihr ganzer Körper bebte.

„Was hast du denn Schlimmes geträumt?"

„Ich sah Anett nackt auf einem Tisch liegen, eine Frau im weißen Kittel umfasste ihre Beine, eine andere hielt eine Hand auf das Gesicht und drückte mit der anderen die kleinen Ärmchen an den Körper. Es war in einem riesengroßen Hörsaal und hunderte Studenten schauten zu, wie ein Arzt eine Nadel in den Bauch unserer Tochter stach."

Und wieder schüttelte Susi ein Weinkrampf.

„Das ist nur ein böser Traum."

Aber Susi rannte zur Toilette und musste sich übergeben.

„Sie können Ihr Kind mit nach Hause nehmen."

„Ist Anett gesund?"

Der Arzt schüttelte den Kopf und hob wie entschuldigend die Arme. Zehn Monate lang war das kleine Mädchen mit der blassgelben Haut in der Klinik diversen Untersuchungen ausgesetzt.

Susi hatte keinen Kinderwagen dabei und auch keine Babykleidung. Man gab ihr das Kind in eine Decke gewickelt in den Arm. Mit diesem erschreckend leichten Bündel von etwas über fünf Kilogramm fuhr Susi mit der Straßenbahn zum Bahnhof, weiter mit dem Zug und ging schließlich zu Fuß nach Hause.

Daheim zuckte Anett jedes Mal zusammen, wenn sich ihr jemand näherte. Sie machte sich steif, sobald Susi sie wickeln, auf den Arm nehmen oder gar füttern wollte. Susi stellte den Teller mit dem Babybrei auf den warmen Kachelofen, damit das Essen warm blieb. Sie hielt ihr Kind auf dem Schoß und führte den Löffel voller Brei an den Mund. Aber Anett drehte den Kopf zur Seite und presste die Lippen fest zusammen. Susi berührte leicht die Lippen der Kleinen, aber sie öffneten sich nicht. Manchmal verlor Susi die Geduld und drückte mit ihren Fingern den Mund derb auseinander, um den Löffel hineinzuquetschen. Dann schrie Anett und verschluckte sich am Brei. Der Arzt hatte gesagt, das Kind dürfe kein einziges Gramm abnehmen. Aber er hatte nicht gesagt, wie man das macht.

Susi dachte an ihre eigene Kindheit und daran, dass sie selbst nie gern gegessen hatte. Sie war immer zu klein, zu zierlich und untergewichtig gewesen. Dieser Gedanke tröstete Susi ein wenig und sie hoffte, dass auch Anett wachsen und eines Tages gesund werden würde.

Rot ist die Farbe des Blutes und des Feuers – beides hat eine sowohl gute wie schlechte Bedeutung. Kraft, Wärme, Liebe und Leidenschaft stehen Hass, Krieg, Aggression und Blutvergießen gegenüber.

Rote Lippen soll man küssen,
denn zum Küssen sind sie da.
Roten Lippen sind dem siebten Himmel ja so nah.

(Cliff Richard)

Ich hasse Rot

„Kannst du nicht aufpassen?", faucht Bernd.
„Was ist denn passiert?", will ich wissen.
Bernd zeigt mit dem Finger auf seinen Teller.
„Tomate, oder?"
Ich nicke. „Leg sie einfach zur Seite!" Aus den Augenwinkeln beobachte ich, wie Bernd seine Serviette nimmt und das winzige Tomaten-stückchen vom Tellerrand klaubt. Er zieht dabei ein Gesicht, als wäre es irgend etwas Ekliges aus dem Klo. Ich versuche, mich davon nicht

beeindrucken zu lassen, und esse so ruhig wie möglich weiter meinen Salat.

Jeden Tag das gleiche Theater. Bernd erträgt nichts, was eine rote Farbe hat. Schon gar nicht im Essen. Und ich mag ausgerechnet ganz besonders Tomaten, Radieschen und rote Paprika. Mein absolutes Lieblingsgericht ist Nudeln mit Tomatensoße. Das habe ich noch nie kochen dürfen, seit ich mit Bernd zusammen lebe. Und das sind immerhin fast drei Jahre.

Als wir uns kennenlernten, saß ich auf einer Bank im Park und lutschte ein Himbeereis. Bernd setzte sich einfach neben mich, obwohl die Nachbarbank frei war.

„Mittagspause?"

Ich nickte. „Und du?"

„Hast du nur rote Klamotten?"

Auf so eine blöde Frage sollte ich eigentlich nicht antworten. Aber ich war so empört über diese ungewöhnliche Art der Anmache, dass ich fauchte: „Was dagegen?"

„Rot macht aggressiv", bemerkte Bernd.

„Rot ist meine Lieblingsfarbe."

„Ich hasse Rot."

„Und tschüss!", sagte ich, stand auf und ließ Bernd einfach sitzen. Aber am nächsten Tag gesellte sich dieser seltsame junge Mann wieder zu mir. Er war groß, rotblond mit wasserblauen Augen, also alles andere als ein südländischer Typ, was mir besser gefallen hätte.

„Oh, heute eine blaue Bluse", rief Bernd aus.

Ich wurde rot. Es sah so aus, als hätte ich extra für ihn nicht die übliche rote Kleidung ausgewählt.

„Steht dir gut. Da strahlen deine schönen blauen Augen besonders."

„Aha, ein Süßholzraspler", dachte ich.

Die Mittagspause verging schnell. Wir hatten viel Spaß bei einer Art Farbspiel. Ich sagte alle roten Dinge, die ich mochte und er konterte mit dem Gegenteil. Tomate – Gurke. Erdbeere – Zitrone. Rote Rose – gelbe Sonnenblume. Morgenrot – Sonnenuntergang im Winter in Gelb und Grün.

Es dauerte nicht lange und wir waren ein Paar und zogen nach knapp einem Jahr in eine gemeinsame Wohnung.

„Oje!"

„Was ist denn, Schatz?" Bernds Stimme klingt besorgt.

„Ich blute. Wahrscheinlich geht die Geburt jetzt los."

„Ich bringe dich ins Krankenhaus."

„Du musst nicht dabei sein. Das haben wir

besprochen."

Bernd nickt. „Aber ich will dich das nicht allein durchstehen lassen. Du weißt doch, dass ich alles für dich tun würde."

„Das musst du nicht. Ich weiß auch so, dass du mich liebst."

Bernd hat noch nie Blut sehen können. Wenn ich mich zum Beispiel bei der Küchenarbeit leicht in den Finger schnitt, musste er sofort den Raum verlassen und sich hinlegen. Und als ich mir während einer Radtour das Knie aufschlug, wurde er leichenblass und legte sich einige Meter entfernt ins Gras.

Und jetzt sitzt Bernd im Kreißsaal neben mir und hält meine Hand, obwohl er weiß, dass er bald viel Blut sehen wird. Bei jeder Wehe darf ich seine Arme und Hände fest umklammern. Am liebsten würde ich ihn anschreien, er solle machen, dass es endlich vorbei ist.

„Alles wird gut. Gleich hast du es geschafft", tröstet mich Bernd.

Dann kommt das Kind. Er legt es mir so blutig wie es ist auf den Bauch und lächelt.

„Unser Kind. Schau nur, wie schön es ist!"

Die Hebamme wäscht unser Kind und wischt meinen Bauch sauber. Dann untersucht sie die Nachgeburt. Bernd lässt sich alles genau erklären. Ich kann es kaum fassen, dass er dies alles aushält. Er ist zwar blass, aber er weicht mir nicht von der Seite.

„Weißt du was?", lacht er mich an. „Ich glaube, Rot ist gar keine so üble Farbe. Von mir aus kann unsere Kleine gern Rosemarie heißen."

Rotkäppchen

„Rotschopf!"

So riefen die Kinder in der Schule und in der Nachbarschaft, wenn sie Rosalie sahen, denn Rosalie hatte fuchsrote Haare. Doch Rosalie ärgerte sich nicht darüber, denn sie liebte ihre roten Locken. Kein anderes Kind in ihrer Schulklasse hatte solche Haare wie sie. Die Mutter nannte ihre Tochter oft Rotkäppchen, nicht nur wegen der roten Haare, sondern weil Rosalie keine Geschichte so gern hörte wie die vom Rotkäppchen und dem bösen Wolf. Die Mutter musste ihr früher immer und immer wieder dieses eine Märchen erzählen.

Inzwischen konnte Rosalie lesen und hatte viele Bücher mit ganz anderen Geschichten, doch der Spitzname ist ihr geblieben.

Überdies mochte Rosalie von allen Farben am liebsten die Farbe Rot.

Rosalie zog ihre roten Stiefel an, setzte sich ihre rote Mütze auf und lief hinaus in den Garten. Dort pflückte sie Blumen von der Wiese. Auf den Beeten gab es ebenfalls Blumen, doch die durfte nur die Mutter schneiden. Am liebsten mochte sie die kleinen roten Blüten der Heidenelken. Doch sie hatte bereits alle abgepflückt und fand keine mehr, so sehr sie auch nach ihnen suchte.

„Rosalie!", rief die Mutter. „Geh bitte rasch zu Oma und bringe ihr den Kuchen, den ich gebacken habe!"

„Gern!", jubelte das Mädchen. „Gibst du mir auch eine Flasche Rotwein mit?"

„Nein, mein hübsches Rotkäppchen." Lachend schüttelte die Mutter den Kopf. „Die Oma ist krank und liegt im Bett. Ich gebe dir noch Hagebuttenmus und -tee mit, das macht sie hoffentlich wieder gesund."

„Darf ich mit dem Rad fahren?"

Die Mutter überlegte kurz, dann nickte sie. „Sei aber vorsichtig an der Straßenkreuzung, trödle nicht und komme nicht vom Weg ab!"

Rosalie griff nach dem Korb, den ihr die Mutter hingestellt hatte, und auf dem obenauf noch ein Strauß roter Rosen lag. Dann flitzte das Mädchen aus dem Haus, stellte den Korb auf den Gepäckträger ihres knallroten Fahrrades und fuhr los. Die Mutter winkte hinterher, doch Rosalie schaute sich nicht um.

Kurz nach der Kreuzung bog das Mädchen in den Feldweg ein, der den Weg zur Oma abkürzte. Kräftig trat Rosalie in die Pedale, denn es ging leicht bergauf. Doch die Reifen rutschten immer wieder auf den vielen Steinen weg. Verärgert stieg Rosalie ab und schob das Rad, dann warf sie es samt Korb an die Seite. Eigentlich wollte sie aus lauter Wut ein Stück Kuchen essen, doch das wagte sie nicht. Ängstlich schaute sie in den Korb. Der Kuchen war unversehrt, auch die Packung mit dem Tee, doch das Glas mit dem Hagebuttenmus war zerbrochen, obwohl es die Mutter in ein Tuch geschlagen hatte. Das rote Mus quoll zwischen den Scherben hervor, breitete sich im Tuch aus und tropfte in den Korb. Das sah aus wie Blut und Rosalie verzog das Gesicht. Sie hielt die Enden vorsichtig mit den Fingern zusammen und warf das Bündel in den Graben unter einen Strauch. Sorgsam schichtete sie Steine darauf, damit sich weder Mensch noch Tier an den Scherben verletzen konnte.

Jetzt tat ihr ihre Unachtsamkeit leid und sie hätte sie gern ungeschehen gemacht.

Direkt neben ihr war ein großer Strauch Hainrose. Obwohl schon September war, sah Rosalie an manchen Zweigen noch einzelne hübsch rosafarbene Blüten. Gleichzeitig leuchteten schon viele rote Hagebutten, die sie manchmal mit der Mutter pflückte. Die Mutter machte Marmelade daraus und der Vater Wein. Rosalie beschloss, viele Früchte für die Mutter zu sammeln, damit sie sich freut und nicht über das kaputte Glas ärgert. Doch so sehr sie sich auch reckte und auf die Zehenspitzen stellte, sie erreichte mit ihrer Hand keine einzige Hagebutte. Sie kroch den Hang hinauf, um von oben an die Früchte zu gelangen. Sie streckte sich und rutschte ab, hielt sich mit den Händen an den Zweigen fest. Das tat schrecklich weh und Rosalie schrie auf. Sie hockte auf dem Boden und betrachtete ihre Hände. Die waren von den Dornen zerkratzt und vom Unterarm tropfte sogar Blut, das einen dunklen Fleck auf ihrer neuen roten Hose machte. Rosalie suchte in ihren Taschen, fand aber kein Tuch, um das Blut abzuwischen. Also fuhr sie kurz mit der anderen Hand darüber und wischte den Rest an die ohnehin beschmutzte Hose.

Sie kroch den Hang noch einmal hinauf, doch dieses Mal auf der anderen Seite und fand einen Zweig, von dem sie leicht viele Hagebutten pflücken konnte. Sie leuchteten verführerisch im Korb.

Rosalie überlegte, ob die Hagebutten schon reif sind. Der Vater ließ immer einige am Strauch, weil sie nach dem ersten Frost am besten schmeckten. Sie wusste, dass sie mit den Fingern vorsichtig auf die Schale drücken musste, um das süße Fruchtfleisch herauszuquetschen. Rosalie drückte und presste, doch vergebens. Wütend biss sie auf die Schale und bohrte ihre Zähne hinein. Doch das Fleisch war nicht wie erwartet süß, sondern entsetzlich sauer. Rosalie spuckte die Nuss aus und probierte eine andere Frucht. Mit ihr erging es ihr nicht besser. Trotzdem nahm sie eine Hagebutte nach der anderen, biss hinein und spuckte sie anschließend ins Gras.

Auf einmal juckten und brannten Rosalies Lippen. Sie wischte mit der Hand darüber und kratzte mit den Fingernägeln an den Mundwinkeln, doch das machte alles nur noch schlimmer. Rosalie leckte mit der Zunge über die Lippen. Auch das half nicht. Ihr traten Tränen in die Augen und sie rieb sie wütend weg. Nun brannten auch die Augen.

Am liebsten wäre das Mädchen schnell nach Hause zur Mutter gerannt, doch ihr fiel die Oma ein und sie machte sich auf den Weg.

Als sie bei der Oma klingelte, öffnete ein fremder Mann die Tür. Er lächelte freundlich. Dann fragte er besorgt: „Rosalie, was hast du denn für rote Augen? Hast du geweint?"

Rosalie schüttelte den Kopf.

„Und was hast du für einen rotfleckigen Mund?"

„Ich weiß nicht. Es juckt und brennt alles so."

„Zeig mal her!", befahl streng der Fremde.

Rosalie zuckte zurück. Sie sollte nicht mit

fremden Leuten sprechen. Und dieser Mann war ihr sowieso unheimlich, weil er genau wie der böse Wolf im Märchen seltsame Fragen stellte. Zwar wusste das Mädchen, dass der Mann kein Wolf war und es nur in den Büchern Märchen gab, doch sie traute ihm nicht. Schnell huschte sie an dem Mann vorbei und eilte in Omas Schlafkammer.

„Rotkäppchen! Das ist aber lieb, dass du mich besuchen kommst", rief sie aus.

„Wer ist dieser Mann?" Rosalie zeigte mit der Hand auf den Fremden, der ihr ins Zimmer gefolgt war.

„Das ist doch der Onkel Doktor. Kennst du ihn nicht mehr?"

„Aber ich kenne dich und weiß, dass du das Rotkäppchen bist, das der Oma Kuchen und Wein bringt."

Nun musste Rosalie lachen. Sie packte den Kuchen und den Teubeutel aus und erzählte von ihrem Unglück am Hagebuttenstrauch.

„Hast du etwa die Früchte gegessen?", fragte der Arzt.

Rosalie nickte. „Aber die schmecken ganz sauer." Sie schüttelte sich, als sie sich daran erinnerte.

Der Arzt schaute sich Mund und Augen noch einmal genauer an. Dann erklärte er: „Unter der Schale sitzen winzig kleine Härchen, die in die

Haut kriechen und dort entsetzlich brennen und jucken."

Rosalie schlug sich mit der Hand gegen die Stirn. „Ach ja!", rief sie aus. „Das gibt tolles Juckpulver." Etwas zerknirscht setzte sie hinzu: „Das hatte ich total vergessen."

Dann wusch sie sich Gesicht, Hände und Arme und ließ sich vom Doktor ein kühlendes Gel über die juckenden Stellen streichen. Danach setzte sie sich zufrieden zu Oma ans Bett, futterte mit ihr zusammen den Kuchen auf und trank dazu eine Tasse leckeren Hagebuttentee.

Violett – gilt als Farbe des Geistes und der Spiritualität. Sie ist eine außergewöhnliche und extravagante Farbe, die auch für Untreue und Zweideutigkeit steht.

Aus Rot und Blau wird Violett.
Ich find die Farbe ganz adrett.

(Petra Weise)

Meine violette Bluse

„Hier ist dein neues Passwort!"
Ich schaue auf den Papierschnipsel, den mir Iris hingelegt hat. *Violett.* Das Passwort gefällt mir, Lila ist meine Lieblingsfarbe. Davon hatte ich Iris noch nichts erzählt. Offenbar schaue ich etwas verwundert, denn Iris erklärt: „Du scheinst nur violette Kleider zu haben, also wirst du dir das Passwort merken können."

Das klang herablassend.

Iris ist mir nicht sympathisch. Sie trägt nur schwarze Pullis. Ihr Passwort ist sicher *Schwarz* oder *hängender Mundwinkel*. Iris verzieht das Gesicht, als ob sie fragt: „Was hast du jetzt schon wieder falsch gemacht?" Sie ist der Computerspezialist in der Firma, in der ich arbeite.

Ich arbeite im Vertrieb und habe den ganzen Tag mit Leuten zu tun. Meist am Telefon. Aber manchmal kommen sie in mein Büro, um etwas zu bestellen oder zu reklamieren. Bei schwierigen Kunden holt mich der Chef dazu.

„Viola, du bist unser letzter Versuch", neckt er mich. Dabei spielt er auf meine lila Bluse an.

Ich muss zugeben, dass fast alle meine Blusen und Kleider violett sind. Viele sind kariert, manche gestreift, aber die meisten haben blaue und rote Streublümchen. Ich habe auch rote und blaue Kleider – rot und blau gemischt ergibt ebenfalls violett. Das ist mir vorher noch nie aufgefallen. Sogar meine Sofakissen, Handtücher und Topfpflanzen sind violett, manchmal kombiniert mit rot oder blau.

Ich gebe *violett* in meine Suchmaschine ein und lese: *Violett liebende Menschen reagieren intuitiv und sind dadurch fähig, unkonventionelle Ideen zu entwickeln.* Wahrscheinlich arbeite ich deshalb so gern im Vertrieb, wo man schnell reagieren muss. *Sie wirken oft ernsthaft, hinterfragen alles, was um sie herum geschieht.* Ich bin wirklich ernst, ernster als meine beiden jüngeren Schwestern. Vielleicht, weil ich als Älteste immer vernünftig sein sollte, helfen musste, während die Kleinen spielen durften. Mag ich Violett, weil ich so ernst bin? Lila ist auch die Farbe der Macht und der Leidenschaft, aber auch die des Todes. Aber das ist mir eigentlich gleichgültig, denn für mich ist Violett einfach die schönste Farbe.

Meine Lieblingsbluse hatte eine dunkle violette Farbe, je nach Lichtverhältnissen schimmerte sie pink, weinrot oder dunkelblau. Einmal hatte ich sie zu heiß gebügelt und dadurch einen hässlichen Abdruck auf dem Stoff hinterlassen, ausgerechnet über dem gesamten linken Brustteil. Der Stoff war nicht direkt versengt, aber ganz glatt und schimmerte nicht mehr wie der Rest der Bluse. Ich konnte sie nicht mehr tragen, brachte es aber nicht fertig, die schöne Bluse wegzuwerfen. Zuerst hängte ich sie zur Dekoration vor meinen Kleiderschrank, aber da hatte ich das Malheur ständig vor Augen und ärgerte mich jeden Tag aufs Neue darüber. Dann versteckte ich sie im Schrank zwischen all den anderen violetten, lila, roten und blauen

Blusen. Doch dafür war sie trotz des Schadens viel zu schade. Schließlich schenkte ich sie meiner Schwester Ute. Die jubelte, denn Lila war die Farbe der Saison. Bei der nächsten Party trug Ute *meine* Bluse.

„Wo ist denn der Fleck?"

„Ach, der ist weg", antwortete Ute. „Ich habe die Bluse gewaschen und danach sah sie aus wie neu." Ute drehte sich hin und her.

Ich liebe meine Schwester sehr, aber ich sah sofort, dass ihr die Bluse überhaupt nicht stand. Die Farbe tat zu ihren goldblonden Haaren richtig weh in den Augen.

„Bist du jetzt sauer?", wollte Ute wissen.

„Sauer? Ich? Wieso?"

Natürlich war ich sauer. Und wie! Aber ich konnte doch nicht zugeben, dass ich ihr die Bluse nur gegeben hatte, weil ich sie wegen des Flecks nicht mehr tragen konnte.

Der Frühling kam und mit ihm der Geburtstag meiner Schwester. Ich trug einen dünnen lila Rolli und dachte an meine schöne Bluse, die ich manchmal wie einen Blazer über diesem Pulli trug. Ute trug ein giftgrünes Shirt mit tiefem V-Ausschnitt, das ihr umwerfend gut stand. Ihre großen grünen Augen leuchteten noch intensiver.

„Ich habe dich schon lange nicht mehr in der

violetten Bluse gesehen", sagte ich so ganz nebenbei.

Ute winkte ab. „Lila trägt man heute nicht mehr, grün ist *in*."

„Sicher hast du sie in den Müll gedonnert, oder?"

Ich hoffte, dass Ute meiner Stimme nicht anmerkte, wie ängstlich ich auf ihre Antwort lauerte.

„Ich glaube nicht." Ute lief zum Kleiderschrank und kam mit meiner wunderschönen violetten Bluse zurück. „Kannst sie wiederhaben, so etwas trägt heute kein Mensch mehr."

Ich schon! Die Mode und die Farbe der Saison sind mir völlig gleichgültig. Für mich ist Violett die schönste Farbe der Welt.

Das Veilchen

aus „Ein halbes Leben"

Susi war eine Leseratte. Schon vor ihrem ersten Schultag versuchte sie, die verschiedenen Buchstaben zu unterscheiden. Sie konnte es kaum erwarten, lesen zu lernen. Sie lernte schnell und versuchte, alles zu entziffern, was ihr unter die Augen kam. Während die meisten Kinder in ihrer Schulklasse noch mühevoll buchstabierten, las sie die Texte in ihrem Lesebuch fließend und mit Betonung ab. Dafür bekam sie von ihrer Lehrerin einen Eintrag ins Muttiheft, weil sie glaubte, dass Susi nicht las, sondern den Text auswendig gelernt hatte.

Am Nachmittag, wenn die Eltern noch bei ihrer Arbeit waren, saß Susi auf ihrem Lieblingsplatz im Wald und las. Und abends im Bett las sie bis in die frühen Morgenstunden. Meist schlief sie mit ihrem Buch im Arm ein.
Susis kleine Schwester Ute konnte noch nicht lesen. Also las ihr Susi gern aus ihren Büchern vor, auch später, als Ute längst lesen konnte. Das Vorlesen dauerte allerdings viel länger,

weil Susi die Worte deutlich aussprach, dramatische Pausen einflocht und bei Dialogen hohe oder tiefe Tonlagen anschlug. Außerdem musste sie einige Stellen wiederholen, die Ute nicht verstanden hatte.

Die Mutter las ihren Töchtern nicht vor. Sie erzählte lieber Märchen, am liebsten selbst erfundene Geschichten, die ihr einfach so einfielen. Störte zum Beispiel eine lästige Fliege, nannte sie diese Emma und passte sie geschickt in ihre Erzählung ein.

„Das kenne ich nicht!", protestierte Ute oft, wenn Susi an der Stelle weiterlesen wollte, an der sie am Vorabend aufgehört hatte. „Dort hielten wir gar nicht. Du hast heimlich weitergelesen!"

Damit hatte Ute Recht, denn Susi konnte einfach das Buch nicht aus der Hand legen. Meist schlief die Schwester beim Zuhören ein. Susi las trotzdem weiter, obwohl sie wusste, dass sie diesen Abschnitt am nächsten Abend erneut vorlesen musste. Hin und wieder prüfte sie: „Ute, schläfst du schon?"

Ute wusste, dass Susi wütend wurde, wenn sie einschlief. Deshalb antwortete sie immer: „Nein, ich schlafe nicht. Ich höre zu."

Als sich das an einem Abend mehrfach wiederholte, warf Susi ihren Hausschuh auf

Utes Bett. Ute schrie laut auf und hielt sich den Kopf.

„Oh! Deinen Kopf wollte ich nicht treffen", stammelte Susi.

„Doch, das wolltest du!", schrie Ute zurück.

Die Mutter hörte den Streit und kam ins Zimmer. Sie sah, wie sich Ute das Auge zuhielt.

„Die Susi hat mir den Schuh an den Kopf geworfen."

„Aber aus Versehen", verteidigte sich Susi.

„Oh je, das wird ein böses Veilchen", erklärte die Mutter, als sie Utes Auge untersucht hatte.

„Ein böses Veilchen?" Susi fragte sich, was eine kleine violette Blume mit dem Auge ihrer Schwester zu tun hat.

„Ein blaues Auge."

„Ich habe auch blaue Augen – wie Ute."

Die Mutter ging aus dem Zimmer und kam mit einem kalten nassen Lappen zurück, den sie Ute auf das verletzte Auge hielt. Dann nahm sie sie auf den Schoß und wiegte sie hin und her, während Ute leise vor sich hin weinte.

„Ihr wisst doch, dass Onkel Kurt Fußballer ist."

Die Mädchen nickten.

„Und manchmal kriegt er einen Ball an den Kopf. Dann sieht sein Auge ganz bunt aus. Und weil es zuerst bläulich rot aussieht wie ein Veilchen, sagt man eben Veilchen dazu oder Blaues Auge."

„Ich will kein Veilchen-Auge haben!", schrie Ute entsetzt. „Ich will mein normales blaues Auge wiederhaben."

„Das wirst du auch. In ein paar Tagen geht das Rote weg, dafür wird die Haut um dein Auge grün und zum Schluss gelb."

Ute schluchzte.

„Und dann hast du kein Veilchen mehr und auch kein blaues Auge, sondern wieder deine ganz normalen schönen blauen Augen."

Die Mutter legte ihre Tochter ins Bett, deckte sie behutsam zu und erneuerte den kalten Waschlappen.

„Den hältst du jetzt ein paar Minuten fest, damit dein Auge schneller heilt. Ich hole jetzt den Fotoapparat und knipse dein Veilchen-Auge. Jeden Tag machen wir ein neues Bild, zuerst lila, dann rot, dann blau, dann grün und zum Schluss gelb. Dazu erzähle ich euch eine Geschichte von wunderschönen Farbspielen und einem tapferen Veilchen-Auge."

Ute nickte zufrieden und schlief im gleichen Augenblick ein.

Blau – wirkt beruhigend und entspannend. Es ist die Farbe des Himmels, des Meeres, der Seen und steht für Verlässlichkeit und Vertrauen. Blau ist mit Abstand die beliebteste Farbe sowohl bei Männern als auch bei Frauen.

Kornblumenblau
ist der Himmel über dem Rheine.
Kornblumenblau
sind die Augen der Frauen beim Weine.

(Jupp Schneider)

Das blaue Kleid

aus „Ein halbes Leben"

Juli 1972. Susi war 17 Jahre jung, im zweiten Lehrjahr und schwanger. Dabei konnte sie Babys überhaupt nicht leiden. Diese hilflosen Schreihälse hingen im Arm der Mutter wie ein Wurm im Sack und warteten darauf, gefüttert und gewickelt zu werden. Wenn schon ein Kind, dann sollte es erst im zweiten Lebensjahr der Mutter übergeben werden, wenn es seine Ärmchen und Beinchen kontrolliert bewegen und vor allem reden, sich verständlich machen kann. Von der Schwangerschaft hatte Susi bisher nur ihrem Freund Manfred und ihrer Freundin Ingrid erzählt. Ingrid schlug vor, heißen Rotwein mit Gewürznelken zu trinken und mehrmals von einem Tisch zu springen. Das würde die Schwangerschaft abbrechen. Susi war sehr dankbar für diesen Rat. Leider half er nicht.

Susi verbrachte jeden zweiten Monat in einem alten Schloss in Thüringen, worin sich die Berufsschule und das Mädchenwohnheim befanden. Dieses Schloss war ein finsteres kaltes Gemäuer mit einem Speiseraum im Kellergewölbe, engen Treppenaufgängen, zwei Klassenzimmern im Obergeschoss, darüber vier Schlaf- und zwei Waschräume.
Susi lag wie jeden Morgen in ihrem Bett. Ihr war übel und sie schaute angestrengt hinauf an die hohe Decke. Sie war allein, die neun anderen Mädchen aus ihrem Schlafraum waren bereits hinunter zum Frühstück gelaufen. Susi hörte noch Stimmen aus dem Waschraum nebenan, vermutlich Mädchen aus dem

hinteren Schlafsaal, mit denen sie sich den Waschraum teilten. Sie konnte also noch nicht aufstehen, denn sie brauchte absolut freie Bahn bis zur Toilette. Die war in der hintersten Ecke des Waschraums. Susi konzentrierte sich auf ihre Atmung – durch die Nase ein- und durch den Mund tief und langsam ausatmen. Ein, aus, immer wieder.

Jetzt war es still nebenan und Susi schlüpfte in ihre Hausschuhe. Am liebsten wäre sie gleich barfuß losgerannt, aber in den unregelmäßigen Dielen des Fußbodens holte man sich leicht einen Schiefer. Acht schnelle Schritte durchs Zimmer, sechs durch den Waschraum. Susi drehte mit der rechten Hand den Schlüssel an der Toilettentür herum und hielt sich mit der linken Mund und Nase zu. Dann hob sie schnell den Holzdeckel und beugte sich über das Loch im Holzkasten. Es stank bestialisch, denn im Rohr des Trockenklos blieb einiges hängen, so auch der Magenschleim aus Susis Mund. Susi schloss den Deckel, lief zurück in den Waschraum und spülte sich den Mund aus. Aber schon musste sie wieder zur Toilette rennen. Susis Magen war leer, trotzdem quälte sie weiterer Brechreiz. Sie konzentrierte sich wieder auf ihre Atmung, erledigte eilig ihre Katzenwäsche, zog sich an, ergriff ihre Schulmappe und lief die Treppe hinunter

Richtung Keller, wo sich der Frühstücksraum für die Lehrlinge befand. Susi schaffte es selten bis ganz nach unten, denn vom Geruch der frischen Brötchen und warmen Milch wurde ihr derart übel, dass sie bereits im ersten Stock wieder eine Toilette brauchte, wo sie sich übergeben konnte. Zum Glück war dort ein ganz normales Wasserklosett. Dann stieg sie schnell die Treppen hinunter und griff sich ein trockenes Brötchen, das sie häppchenweise und sehr sehr langsam während der ersten Unterrichtsstunde kaute. Wenn sie zu schnell schluckte, musste sie sofort wieder zur Toilette rennen. Es war furchtbar.

Susi wusste, sie sollte so schnell wie möglich ihren Eltern die Schwangerschaft beichten, aber ihr fehlte der Mut dazu. Als sie sich in Manfred verliebte, bat sie die Mutter, ihr die Pille zu erlauben, denn ohne die Zustimmung der Mutter bekam sie das Rezept nicht.
„Du willst die Pille?", empörte sich die Mutter. „Hast du etwa schon mit einem Kerl geschlafen? Sollte ich das herausfinden, fliegst du sofort raus!"
Die Mutter mochte Manfred, aber sie achtete streng darauf, dass er nie über Nacht in der Wohnung blieb. „So etwas dulde ich nicht und es gehört sich auch nicht", erklärte sie. „Und es

gehört sich noch weniger, dass ein Mädchen wie eine Nutte zum Freund ins Bett kriecht."

Und nun war Susi trotzdem schwanger und wusste nicht, wie sie das ihrer Mutter erklären sollte.

Anfang Juli fuhren Susis Eltern in den Urlaub zu einer Schwester des Vaters, die ganz idyllisch an einem Brandenburger See wohnte. Am Tag der Abfahrt packte die Mutter Susi derb am Arm und zischte: „Glaube nicht, dass ich blind bin!"

Susi erschrak und überlegte, was die Mutter wohl gesehen haben könnte. Susi war schlank wie immer und außerdem erst im dritten Monat. Da sie inzwischen achtzehn Jahre alt war, nahm sie sich fest vor, dies ihren Eltern ganz deutlich zu sagen. Außerdem hatte sie seit einigen Tagen ihren Facharbeiterbrief in der Tasche. Das würde ein Gespräch mit den Eltern hoffentlich erleichtern.

Susi versuchte, nicht weiter darüber nachzudenken, sondern die Zeit ohne die Eltern zu genießen. Denn die waren im Urlaub und konnten Manfred nicht mehr am Abend nach Hause schicken.

Zehn Tage später saßen Susi und Manfred im Zug. Sie fuhren in ihren ersten gemeinsamen Urlaub und zwar genau zu der Tante, bei der im

Moment Susis Eltern Urlaub machten. Sie würden sich nicht begegnen, denn Susis Eltern waren bereits auf der Heimfahrt.

Zweimal mussten Susi und Manfred umsteigen. Beim zweiten Mal hatten sie nur fünf Minuten Zeit dafür. Manfred nahm die Reisetasche in die rechte und Susi an die linke Hand und rannte mit ihr durch die Unterführung, um den Vorortzug nicht zu verpassen. Und genau dort stießen sie mit Susis Eltern zusammen. Es blieb nur Zeit für ein kurzes Hallo und ein Küsschen, dann rannten sie weiter. Plötzlich drehte sich Susi um und rief so laut sie konnte: „Mutti, du vermutest richtig."

Ihre Worte hallten laut nach in der Unterführung. Die Mutter blieb stehen, sah ihren Mann an und sagte: „Ich glaube, heute gehe ich zum ersten Mal mit einem Großvater ins Bett."

Susi besuchte ihren Freund Manfred. Er wohnte wie Susi noch bei seinen Eltern. Manfreds Mutter entdeckte sofort das Pflaster, das in Susis Armbeuge klebte.

„Was ist das?"

„Von einer Blutsenkung."

„Verstehe. Sind Sie schwanger?"

„Ja, das bin ich."

Nun war es heraus. Manfreds Mutter war Hebamme, sie kannte sich aus und machte nicht viele Worte. Sie stand vor Susi und versperrte mit ihrem kräftigen Körper die Tür. Susi sah, wie sich Manfred hinter seiner Mutter vorbei drückte, ins Bad ging und hörte, wie er von innen den Schlüssel umdrehte.

„Darf ich reinkommen?", fragte Susi zaghaft.

Manfreds Mutter trat zur Seite. Susi ging durch den schmalen Flur hinein in die Stube, wo Manfreds Vater auf dem Sofa saß. Die Mutter stellte sich neben ihn und stemmte ihre Hände in die breiten Hüften. Es sah aus, als ob sie eine ganze Reihe Vorwürfe und Fragen loswerden wollte. Susi kam ihr zuvor: „Freuen Sie sich gar nicht?"

„Freuen?" Manfreds Mutter schüttelte den Kopf. „Nein. Überrascht bin ich, sehr überrascht." Dann drehte sie sich zu ihrem Mann um. „Ich brauche jetzt einen Schnaps, hole mal die Gläser aus dem Schrank!" Und zu Susi gewandt: „Ab jetzt werden wir uns duzen. Und wir müssen mit deinen Eltern reden."

„Nein, wir wollen nicht heiraten", erklärte Susi.

„Was soll das heißen?", empörte sich Manfreds Mutter.

„Heute muss man nicht mehr heiraten, wenn man ein Kind bekommt." Susi verschränkte trotzig ihre Arme und schaute mutwillig Manfreds Mutter an, die ihr gegenüber saß. Susi saß zwischen ihren Eltern und kam sich vor wie in einem Boxring. Sie wusste nicht, ob ihre Eltern ihre Gegner oder nur die Schiedsrichter waren.

„Du bist vor unserer Ehe geboren", stellte Susis Vater fest. „Weil deine Mutter im Brautkleid schön und schlank sein wollte."

„Brautkleid", maulte Susi. „Als ob das so wichtig wäre."

„Deiner Mutter war es wichtig. Nach deiner Geburt hatte ich viel Lauferei, weil ein unehelich geborenes Kind automatisch den Namen der Mutter bekommt."

Daran hatte Susi noch gar nicht gedacht.

„Falls ihr also sowieso zusammenbleiben wollt, wäre es einfacher, vor der Entbindung zu heiraten."

Susi zuckte mit der Schulter. Sie war wütend auf Manfred, der gar nichts sagte. Er war wohl in Gedanken längst in Dresden, wo er ab September studieren wollte. Er plante, sein Zimmer im Wohnheim schon einige Wochen vorher zu beziehen.

Erst Ende Oktober kam Manfred aus Dresden zurück.

„Meine liebe Susi, ich habe dich so schrecklich

vermisst."

„Warum warst du dann so lange weg?"

„Wollen wir nun heiraten?", fragte Manfred unvermittelt.

„Warum so plötzlich?", zischte Susi giftig.

„Weil ich jetzt weiß, dass ohne dich nichts mehr richtig schön ist." Manfred zog Susi an sich, aber die stieß ihn zurück.

„Was ist denn los?", fragte Manfred irritiert.

„Du hast dich kein einziges Mal gemeldet, nicht angerufen, nicht geschrieben. Ich wusste nicht, wie es dir geht und wo du wohnst." Leise setzte sie nach: „Ich war immer hier."

Manfred schaute verlegen zu Boden. „Weißt du, am Anfang war alles so neu für mich und so spannend. Dresden ist eine riesige Stadt. Und es gibt einen tollen Studentenclub."

„Verstehe", fauchte Susi und nickte.

„Ich will, dass du meine Frau bist. Ich will immer mit dir zusammen sein, mich um dich kümmern und um unser Kind."

Nun lächelte Susi. Dann kroch sie in seine Arme und sagte ihm, dass sie ihn liebt. Und Manfred drückte sie fest an sich.

Gleich am nächsten Tag gingen sie zum Standesamt. Der einzige freie Termin für eine Hochzeit in diesem Jahr war bereits in drei Wochen an einem Freitag morgens acht Uhr.

„Du liebe Zeit! Wie soll ich so kurzfristig ein Lokal für die Feier finden?", ereiferte sich Susis Mutter.

„Wir wollen keine Feier", bestimmte Susi.

„Ganz ohne Fest geht es nicht. Zumindest die beiden Eltern, Geschwister, die Omas müssen wir einladen." Die Mutter rechnete alle in Frage kommenden Personen zusammen. „Das sind insgesamt dreizehn Leute."

„Dreizehn?", rief Susi erschrocken. „Nein, das ist keine gute Zahl."

Die Mutter neckte. „Mein kleines Mädchen glaubt immer noch an Märchen. Aber ich habe eine Idee. Manfred hat nur eine Oma, du aber zwei. Also laden wir als Ersatz für die fehlende Oma einfach eine seiner Tanten ein. Und schon ist die böse Dreizehn weg."

Die Mutter schubste Susi zur Seite und nun lachte auch Susi.

„Und du brauchst ein Kleid!", rief die Mutter aus.

Man konnte Susis Bauch noch nicht deutlich sehen, weil sie ihn unter weiten Pullis versteckte. Die Hose ließ sie einfach offen und hielt sie mit einem Gummiband zusammen. So konnte sie natürlich nicht heiraten. Susi ging zusammen mit der Mutter ins Kaufhaus. Leider fanden sie weder Umstandskleider noch passende Hochzeitskleider, beides war wie so vieles in der DDR Mangelware. Sie ergatterten lediglich einen rotkarierten Kleiderrock. Den kaufte die Mutter sofort, weil er so hübsch war, aber als Brautkleid taugte er nicht. In der Stoffabteilung sah es nicht besser aus. Es gab einige Ballen für Gardinen und derben Cord. Schließlich entdeckten sie einen Rest hellblauen Polyester-Strick, der durch einen Silberfaden festlich glitzerte.

„Das ist hübsch", strahlte Susi. „Blau ist sowieso meine Lieblingsfarbe."

„In Weiß kannst du dich ohnehin nicht sehen lassen", bemerkte die Mutter. „Schließlich weiß jeder, dass du keine Jungfrau mehr bist."

Susi nickte und hätte am liebsten ihre Mutter an ihre eigene Hochzeit in einem weißen Brautkleid erinnert, obwohl sie längst ein Kind hatte. Doch das wagte sie nicht.

Mit dem Stoff gingen sie zur Schneiderin.

„Das ist viel zu wenig Stoff!", rief die Schneiderin aus.

„Mehr gab es davon nicht. Wir sind froh, überhaupt etwas erwischt zu haben."

Die Schneiderin nickte. „Weißt du was, du bist so jung, ich nähe dir ein flottes Minikleid. Dann schaut jeder auf deine hübschen Beine und bemerkt das Bäuchlein nicht."

Susi strahlte glücklich.

Eine Woche später kam sie zur Anprobe und schlüpfte in ihr himmelblaues Brautkleid. Susi drehte sich vor dem Spiegel und fand sich wunderschön. Das Kleid war kurz und ließ die Knie und einen Teil der Schenkel frei, die Ärmel gingen bis knapp an die Ellenbogen. Unterhalb der Brust verlief ein breites blaues Seidenband, von da fiel der Rock im Empirestil locker nach unten und umspielte weich und unauffällig das Schwangerschaftsbäuchlein.

„Oh! Babyblau", rief die Oma aus, als sie das Kleid sah. „Wird es ein Junge?"

„Das weiß ich nicht. Blau ist einfach meine Lieblingsfarbe", entgegnete Susi.

„Du bist wunderschön", schwärmte Manfred. „Einfach himmlisch in deinem blauen Kleid."

Das Festmahl (Karpfen blau)

Silvester 1988 feierten wir bei meiner Schulfreundin Marion, denn sie hatte „sturmfrei", weil ihre Eltern bei Freunden weilten. Marion wohnte in einem Dorf im Erzgebirge. Das Dorf war so winzig, dass es nicht einmal von einem Bus angefahren wurde. Mir blieb also nichts anderes übrig, als mit dem Fahrrad hinzufahren, zwei steile Berge hinauf und einen noch steileren hinunter, bei denen ich auf jeden Fall absteigen und das Rad schieben musste. Es gab noch einen weiteren, recht flachen, dafür sehr langen Anstieg. Ich hoffte trotzdem, dass ich diesen auf dem Rad sitzend schaffte, wenn ich kräftig in die Pedale trat.

Hier im Gebirge war ich von klein auf gewöhnt, dass es ständig bergauf und bergab ging. Mir gefällt das heute noch. Die hügelige Landschaft ist nicht nur für das Auge angenehm, sondern immer wieder interessant, weil sie nach jeder Wegbiegung einen neuen und oft noch schöneren Ausblick bietet.

Überhaupt nicht schön fand ich, dass es in

Marions Haus kein Wasserklo gab. Man musste hinaus auf den Hof, wo sich hinter einem Bretterverschlag direkt über der übel riechenden Jauchengrube ein sogenanntes Plumsklo befand. Davor graute mir, denn es war jetzt schon dunkel, obwohl die Kirchturmuhr gerade fünf Mal schlug. Außerdem war es kalt draußen. Es lag zwar kein Schnee und Frost gab es auch keinen, doch in der Nacht hinaus ins Dunkle zu müssen gefiel mir ganz und gar nicht. Meist gingen wir Mädchen zu zweit – eine hielt die Taschenlampe und die Tür etwas auf, während die andere versuchte, sich ohne zu beschmutzen zu erleichtern.

Für die sieben Kilometer bis zu Marions Haus brauchte ich fast eine ganze Stunde, viel länger wäre ich beim Laufen auch nicht unterwegs gewesen. Ich musste vorsichtig demmeln, denn auf meinem Gepäckträger klemmte eine große Schüssel Kartoffelsalat. Den sollte es erst nach Mitternacht geben, denn Marion wollte eine ganz besondere Mahlzeit zubereiten: Karpfen blau. So etwas hatte ich noch nie gegessen. Fisch gab es bei uns daheim sowieso nur selten, manchmal einen Brathering zu Kartoffeln oder aus der Büchse Hering in Tomatensoße zu Brot.

Marions jüngere Schwester Martina und ihre Freundin Billi waren bereits da und kicherten albern. Billi hieß eigentlich Sibylle, doch keiner rief sie so. Ihre Mutter war Verkäuferin beim Fleischer im Nachbardorf und hatte uns Wiener Würstchen besorgt – die ideale Ergänzung zum Kartoffelsalat.

Die Mädchen stülpten mir sofort einen spitzen Hut auf den Kopf. Jetzt sah ich aus wie ein Burgfräulein, denn von der Hutspitze hing ein langer blauer Schleier herab. Weil der Hut so hoch war, stieß ich damit immer wieder an die Girlanden, mit denen Marion und Martina die Stube geschmückt hatten. Schnell quetschte ich mich zwischen die Mädchen aufs Sofa.

„He! Macht es euch nicht zu gemütlich!", mahnte Marion. „Wir kochen zusammen. Ihr könnt schon mal Gemüse putzen und Kartoffeln schälen!"

In diesem Moment stapfte Marions Bruder Klaus in die Küche. An seinen Stiefeln pappte Schlamm und in der Hand hielt er einen Eimer voller Tannenzweige. Obenauf lagen vier Eier.

„Habe ich unterwegs gefunden", erklärte er und feixte dabei.

Marion knuffte ihn in den Arm, sie lachte. „Irgendwann erwischt dich der ABVer (Abschnittsbevollmächtigter) und dann geht es uns allen an den Kragen."

„Ach was, dafür muss der früher aufstehen."

Er klaubte die Zweige aus dem Eimer und legte dabei einen dicken Fisch frei: einen Karpfen. „Frisch aus dem Dorfteich", verkündete er stolz. „Ich habe ihm gleich eine mit dem Knüppel übergezogen. Nun schwimmt er nirgendwo mehr."

„Nur noch in meiner Gemüsebrühe", lachte Marion.

Diese Brühe aus Zwiebeln, Möhren, Lorbeerblättern und Wasser kochte bereits, während Marion den Fisch in der Gosse abspülte und die Innereien entfernte. Dann erhitzte sie Essig.

„Igitt!" Ich schüttelte mich. „Das stinkt! Wozu soll das gut sein?"

„Das färbt den Karpfen blau."

„Und das soll schmecken?" Das konnte ich mir beim besten Willen nicht vorstellen.

Marion goss den heißen Essig über den Fisch, der sich sofort blau färbte. Das sah hübsch aus und gefiel uns allen gut. Dann legte sie den Karpfen auf das Gemüsebett und schob den Topf an den Herdrand, damit die Brühe nicht mehr kocht und der Karpfen langsam gar zieht.

Keine halbe Stunde später saßen wir alle um den Tisch und bestaunten den wunderbar blauen Karpfen, der uns richtig Appetit machte.

Jeder legte sich Kartoffeln auf seinen Teller und erhielt eine Fischportion zugeteilt. Und alle schoben wir uns gleichzeitig einen Bissen davon in den Mund - und spuckten ihn gleichzeitig wieder aus. Es schmeckte grauenhaft!

„Wie Moder!", schrie Billi.

„Wie Schlamm!", ergänzte Martina.

„Das ist der ekelhafte Essig", war mir sofort klar.

„Ich kann mir das nicht erklären", jammerte Marion traurig. „Ich habe alles ganz genau so gemacht wie meine Mutter."

„Meine Oma lässt den Karpfen immer zwei Tage im Waschhaus in der Wanne schwimmen", fiel Billi ein.

„Das geht nicht, denn das hätten die Nachbarn gesehen. Klaus hat den Fisch doch heimlich im Dorfteich geangelt. Einer hätte uns angezeigt, der alte Müller sowieso."

Marion lief ins Erdgeschoss und bat die nette Frau Schmidt um Hilfe. Auch Frau Schmidt spuckte den Karpfen sofort wieder aus.

„Was habe ich nur falsch gemacht?"

Frau Schmidt drohte lachend mit dem Finger. „Der ist aus dem Dorfteich, stimmt's?"

Marion zog den Kopf zwischen die Schultern und nickte beschämt. „Schmeckt man das etwa?"

Frau Schmidt nickte. „Der Teich ist verschlammt. Wenn der Fisch nicht mindestens einen Tag oder zwei in klarem Wasser schwimmt, kann man ihn nicht essen."

„Siehst du!", triumphierte Billi.

„Was soll ich damit machen?", fragte Marion kleinlaut.

Frau Schmidt winkte ab. „Den fressen nicht einmal die Hühner. Den müsst ihr im Mist vergraben, damit euch keiner erwischt."

Im Mist vergraben, das war eine Aufgabe für Klaus. Doch der zog mit seinen Freunden längst durchs Dorf und feuerte seine Silvesterknaller in die Dunkelheit.

„Was machen wir denn jetzt?" Marion klang ganz verzweifelt. Sie hatte sich so auf ihr Festessen gefreut.

„Hast du Butter da? Oder vielleicht Quark und Leberwurst? Das können wir zu den Kartoffeln essen. Ich mag das gern."

„Außerdem gibt es noch meinen Kartoffelsalat", fiel mir ein.

„Und die Würstchen", ergänzte Billi.

Der Abend verlief noch ganz lustig, denn wir erinnerten uns immer wieder gegenseitig an den blauen Karpfen und seinen ekelhaft modrigen Geschmack. Marion und Martina hatten einen großen Topf Bowle angesetzt aus eingekochten Erdbeeren und Rotwein, den wir noch vor Mitternacht komplett leer getrunken hatten.

Ich habe in meinem ganzen Leben niemals wieder blauen Karpfen probiert, weil ich schon beim Gedanken an dieses Gericht fauligen Schlamm auf der Zunge schmeckte.

Der blaue Schmetterling

Meine Tochter Lilli liebte Schmetterlinge. Und am allerliebsten mochte sie einen ganz besonderen aus Plastik mit leuchtend blauen Flügeln, der auf ihrem Fenster klebte und in der Sonne wunderbar leuchtete.

Auch ich mochte Schmetterlinge. Doch nun stimmen sie mich nicht mehr fröhlich, sondern eher traurig. Denn meine Tochter musste eines Tages ins Krankenhaus, weil etwas mit ihrem Blut nicht stimmte. Es gibt einen komplizierten Namen für diese Krankheit, deren Name mir nicht im Gedächtnis geblieben ist. Doch dass der Arzt sagte, dass es keine Heilung gibt, verstand ich sofort. Es hat sich in mein Hirn und meinen ganzen Körper eingebrannt und mich völlig gelähmt.

Von diesem Tag an verbrachte ich meine Nachmittage und Abende bei Lilli am Krankenbett. Sie wurde zusehends dünner und schwächer. Ich las ihr Geschichten vor und erzählte von daheim, von ihren Geschwistern, von ihrem Vater, der Oma und Lustiges von unserem Hund Bobby, den ich leider nicht mit ins Krankenhaus bringen durfte.

Ich brachte ihr einen großen Schmetterling mit leuchtend blauen Flügeln, die an den Spitzen grün und braun glänzten und klebte ihn so auf ihre Fensterscheibe, dass sie ihn vom Bett aus sehen konnte. Er hatte eine Batterie und einen Schalter und wenn man diesen betätigte, blinkten die blauen Flügel in verschiedenen Farben auf. Wenn Lilli nicht schlafen konnte, schaute sie dem Schmetterlingslicht zu und fühlte sich nicht so allein.

Eines Tages hielt Lilli einen winzig kleinen Schmetterling in der Hand. Er war aus Plastik und leuchtete königsblau mit grünen Sprenkeln.

„Der Pfarrer sagt, dass ich genauso schön bin wie dieser Schmetterling und bald in den Himmel fliegen darf."

„Der Pfarrer?"

Wir waren nie kirchlich und ich ärgerte mich darüber, dass ein Pfarrer ohne meine Erlaubnis meine Tochter aufsuchte.

„Aber Mami! Du musst doch nicht weinen!"

Doch ich konnte nicht mehr aufhören zu weinen. Lilli freute sich darauf, als bunter Schmetterling in den Himmel zu flattern. Doch ich schob jeden Gedanken an ihren Tod weit von mir, als ob ich ihn dadurch verhindern könnte. Die Angst um mein Kind hatte mich vollkommen gelähmt.

„Warum bist du so traurig? Du hast noch die Toni und den Fabi und den Papa und alle anderen auch."

Dass mich meine kleine Tochter zu trösten versuchte, machte mich noch unglücklicher, wenn das in diesem Moment überhaupt möglich war. Ich schluchzte: „Du hast recht, meine Sonne."

Dann ging ich ins Bad und kühlte mein Gesicht mit viel kaltem Wasser, bevor ich mich zurück an Lillis Bett setzte.

„Der Pfarrer sagt, dass ich diesen Schmetterling mitnehmen darf. Und dann schauen wir zwischen den Wolken hindurch zu euch herunter. Das ist doch schön!" Lilli lächelte. „Mir wird dann nichts mehr weh tun und ich werde für immer glücklich sein. Das gefällt mir."

Lilli schaute mich aus ihren blauen Augen an und ich bemühte mich, ihr zuzulächeln. Ich nahm sie einfach in meine Arme, damit sie nicht sehen sollte, dass mir schon wieder die Tränen die Wangen herab liefen.

Als ich an diesem Abend das Krankenzimmer verließ, lehnte ein junger Mann an der Wand gegenüber. Er trug blaue Jeans und ein hellblaues Hemd.

„Guten Abend, ich bin der Seelsorger hier im Haus und habe heute Ihre kleine Lilli kennen gelernt."

„Was erlauben Sie sich?", fauchte ich ihn an.

„Sammeln Sie Ihre Schäfchen jetzt schon bei hilflosen kranken Kindern?"

Entrüstet drehte ich mich um und ließ den Mann einfach stehen.

„Warten Sie! Bitte!"

Was wollte dieser Mensch von mir? Ich hatte keine Lust, mit ihm zu sprechen, schon gar nicht über meine Tochter. Trotzdem blieb ich stehen.

„Was wollen Sie noch?", fragte ich etwas unfreundlich. „Ich bin nicht in der Kirche."

„Ich habe etwas für Sie." Der Pfarrer streckte mir seinen Arm entgegen und öffnete seine Faust. Auf seiner Hand sah ich einen ebensolchen kleinen Plastik-Schmetterling wie ihn Lilli hatte. Nur war er nicht blau, sondern strahlend grün.

„Grün ist die Hoffnung."

„Was reden Sie da? Mein Kind wird sterben. Es gibt keine Hoffnung."

Im ersten Impuls wollte ich ihm den Schmetterling vor die Füße werfen, doch das brachte ich nicht fertig. Und ich wollte schon gar nicht weinen vor diesem Mann. Genervt schaute ich hinauf zur Decke und blinzelte. Das half meist, die Tränen zu unterdrücken.

„Ich weiß." Der junge Mann nickte. „Mein Name ist Sebastian Stiller."

Ich zuckte mit der Schulter. Soll er doch heißen wie er will, mich interessiert sein Name nicht. Und ich will auch nichts von ihm hören. Warum stand ich überhaupt noch hier herum?

„Ich schenke allen Kindern auf dieser Station Schmetterlinge. Es tröstet sie, mit ihm in den Himmel zu flattern. Meist halten sie ihn fest in ihren Händen."

Ich zuckte wieder mit der Schulter. Was sollte ich dazu sagen?

„Und was soll ich damit?", brachte ich schließlich etwas unfreundlich heraus und hielt ihm den grünen Schmetterling entgegen.

„Wenn Lilli nicht mehr bei Ihnen ist, haben Sie diesen Schmetterling."

Ich schnaufte empört. Was bildete sich dieser junge Schnösel ein? Was soll ich mit einem Plastik-Spielzeug? Ich bin kein Kind, das sich mit einer albernen Geschichte trösten lässt.

„Nein, nein!", wehrte Herr Stiller ab. Konnte er Gedanken lesen? „Es geht nur um ein Ritual, das Ihnen helfen kann. Eigentlich geht es ums Loslassen."

Ich schüttelte den Kopf. „Das kann ich nicht", flüsterte ich.

„Ich weiß. Und Lilli weiß das auch. Sie spürt Ihre Trauer und Ihre Verzweiflung. Sie wagt sich nicht zu gehen, um Ihnen nicht noch mehr Kummer zu machen."

Unvermittelt wurde ich wütend und hätte diesen Pfaffen am liebsten geohrfeigt. War es zu fassen, dass mein Kind nicht sterben wollte, damit ich nicht noch mehr leide? So ein Unsinn!

„Ich habe Pfarrer schon viel Schwachsinn reden hören, ganz besonders, wenn es ums Sterben geht. Gehen Sie mir aus den Augen und wagen Sie nicht, mich noch einmal zu belästigen!"

Der Mann nickte. „Ich bitte um Entschuldigung. Hören Sie mich trotzdem weiter an!"

Ich zuckte mit der Schulter und schaute zur Seite.

Leise redete der Seelsorger weiter. „Lilli mag Schmetterlinge, nicht wahr?"

Ich nickte.

„Auch Sie haben Ihr Freude an den bunten Faltern. Das weiß ich."

Gar nichts wusste dieser Mann.

„Ihre Tochter hat jetzt gute Gedanken, wenn sie den Schmetterling in der Hand hält. Daran sollten Sie denken. Sie werden sehen, dass es auch für Sie mit der Zeit tröstlich ist. Eines Tages werden Sie den kleinen Schmetterling nicht mehr brauchen. Dann können Sie ihn loslassen. Legen Sie ihn in eine Schachtel oder vergraben Sie ihn, werfen Sie ihn ins Wasser oder suchen Sie sonst einen Platz, der Ihnen passend erscheint. Sie werden sehen." Herr Stiller lächelte schief und hob seine Hand.

Unwillkürlich zuckte ich zurück. Das fehlte noch, dass mich dieser Mensch berührte oder gar in den Arm nahm.

So richtig verstanden hatte ich seine Idee nicht, dass ich den Schmetterling begraben soll, wenn ich ihn nicht mehr brauchte. Etwas verwirrt schaute ich auf und blickte in freundliche blaue Augen. Mein Zorn auf den Pfarrer schien wie weggeblasen. Wortlos steckte ich den Schmetterling in meine rechte Manteltasche und verließ das Krankenhaus.

Kurz darauf ist Lilli gestorben und ich trage immer und überall den kleinen grünen Schmetterling mit mir herum. Eines Tages werde ich ihn fliegen lassen, doch das kann noch einige Jahre dauern. Vielleicht.

Grün – ist die Farbe des Lebens, der Pflanzen und des Frühlings, sie symbolisiert Hoffnung und Unsterblichkeit und wirkt beruhigend.

Grün ist meine Lieblingsfarbe

Grün, ja grün ist alles, was ich habe.
Grün, ja grün ist alles, was ich mag.
Darum lieb ich alles, was so grün ist,
weil es meine Lieblingsfarbe ist.

Meine Augen sind grün. Grüne Augen sind extrem selten, nur zwei Prozent der Augen aller Menschen sind grün. Mein Freund hat braune Augen, so wie 90 Prozent aller Menschen. Allerdings bekommen seine Augen grüne Sprenkel, wenn er sich ärgert, vor allem, wenn er sich über mich ärgert. Er behauptet, dass meine grünen Augen die einer Katze sind, einer lieb wirkenden Schmusekatze, die sich unvermittelt in eine Raubkatze verwandelt und unberechenbar gefährlich wird. So sehe ich mich nicht, ich halte mich für ruhig und ausgeglichen.

Meine Schwester neckte mich oft: „Grüne Augen, Froschnatur. Von der Liebe keine Spur." Sie schenkte mir zum zehnten Geburtstag einen großen grünen Frosch aus Keramik. Seitdem bekomme ich in jedem Jahr einen neuen Frosch von ihr. Ich habe inzwischen eine stattliche Sammlung von großen und kleinen Fröschen aus Glas, Holz, Gips und Porzellan, auf meinem Bett sitzt einer aus Plüsch.

Grün steht für Harmonie, das entspricht meinem Wesen. Ich mag keinen Streit, mir ist Übereinstimmung sehr wichtig. Ich freue mich, wenn wir uns einig sind, mein Freund und ich, den gleichen Film ansehen möchten und uns in der gleichen Gesellschaft wohl fühlen.
Für mich muss alles passen. Auch die Farbe der Kleidung. Das ist nicht leicht, wenn man grüne Augen hat, die so intensiv leuchten, dass ich unmöglich Rot oder gar Lila tragen kann. Deshalb sind alle meine Kleider grün - hellgrün, seegrün, apfelgrün, dunkelgrün, gelbgrün und am liebsten smaragdgrün. Ich kombiniere sie untereinander und trage dazu dunkelblaue oder schwarze Jeans.
Grün harmoniert sehr gut mit braun, aber

braune Farben mag ich gar nicht. Nur meine braunen Haare finde ich schön. Ich würde sie niemals färben, auch dann nicht, wenn sie vielleicht eines Tages grau werden. Denn Grün steht auch für Natürlichkeit.

In der Natur ist Grün die häufigste Farbe, erst im Herbst zeigen sich die gelben und roten Naturfarbstoffe im Laub. Ich halte mich sowieso am liebsten im Grünen auf und gehe gern mit meinem Hund im Wald spazieren. Unser Wald ist die grüne Lunge der Stadt. Mein Freund liebt die Natur ebenfalls. Doch er begleitet mich nur selten, denn er verbringt einen großen Teil seiner Freizeit auf dem grünen Rasen, dem Fußballfeld.

In meiner Wohnung stehen auf sämtlichen Fensterbrettern und dem Raumteiler zwischen Küche und Stube Grünpflanzen, von den Regalen hängen lange Efeuranken herunter und auf freistehenden Hockern wuchern Grünlilien. Auf dem Balkon habe ich mein grünes Kräutergärtchen mit Petersilie, Schnittlauch, Basilikum, Dill, Minze und Kresse. Ich koche sehr gern und dazu brauche ich meine Kräuter.

Es heißt, grün wirkt beruhigend. Deshalb habe

ich die Wände meiner Schlafstube lindgrün gestrichen. Auf meinem Nachttisch liegen viele grüne Handsteine, denen man Heilkräfte nachsagt. Am liebsten ist mir der Aquamarin, er sieht nicht nur wunderschön aus, sondern stärkt das Selbstbewusstsein, schützt die Liebe, das eheliche Glück und die partnerschaftliche Treue.

An besonderen Tagen lege ich meinen Lieblingsschmuckstein, den wunderbar funkelnden Smaragd, an. Der Stein ist in Gold gefasst, was ihn noch strahlender leuchten lässt. Es heißt, dass er für seelische Ausgeglichenheit sorgt und man jung im Geist bleibt.
Im Alltag trage ich Schmuck aus Türkis wie meine türkise Perlenkette. Dieser Stein soll Stimmungsschwankungen und Antriebslosigkeit vertreiben. Allerdings glaube ich nicht, dass allein meine Steine für meine Ausgeglichenheit verantwortlich sind.

Mein allererstes Auto war ein grasgrüner R4. Dieses winzige Auto bot erstaunlich viel Platz im Innenraum. Später kaufte ich mir einen tannengrünen Honda Civic, einen richtig sportlichen Flitzer. Mein Freund fährt seit zwei Jahren einen graugrünen 5-er BMW.

Ich mag es gern, wenn die Verkehrsampel auf Grün schaltet und mich weitergehen oder fahren lässt. Es ist für mich jedes Mal wie ein neuer Start.

Grün ist die Farbe des Lebens, der Pflanzen und des Frühlings. Im Frühling erwacht das Leben, das Gras sprießt. Doch es gibt Leute, die sehen das Giftige in der grünen Farbe, das Dämonische oder zumindest das Unreife. Zu jungen Leuten sagt man: „Du Grünschnabel bist noch grün hinter den Ohren." Außerdem gibt es den Ausspruch: „Jemandem nicht grün sein."

Am ersten Advent saß ich im Sessel und genoss meine Tasse grünen Tee, als mein Freund strahlend zur Tür herein kam. Er griff nach meiner Hand und zog mich zur Eingangstür. Dort küsste er mich sehr lange und innig. Das war wunderschön. Als ich ihn hinterher fragend anschaute, zeigte er nach oben und ich entdeckte den Mistelzweig über dem Türrahmen.
„Wer sich unter dem Mistelzweig küsst, bleibt ein Leben lang zusammen", sagte er bedeutungsvoll. Dann zog er eine kleine Schachtel aus seiner Jackentasche und überreichte sie mir. Meine Hände zitterten, als

ich sie öffnete und mir traten Freudentränen in die Augen, denn ich erblickte einen wunderschönen Verlobungsring. Er ist aus Silber mit einem Band aus Türkisen in der Mitte und passt wie angegossen. Dann hat er mir die Frage aller Fragen gestellt und gesagt: „Grün ist die Hoffnung, ich hoffe, dass du *ja* sagst. Ich habe nur eine Bedingung für unsere grüne Hochzeit: dass du kein grünes Kleid trägst."

Ich habe nur gelacht und dazwischen immer *jaja jaja* gestammelt und gejubelt. Natürlich wird mein Kleid weiß sein, aber ich werde meinen Smaragdschmuck dazu tragen und mein Kleid mit grünen Schleifen verzieren.

Wir heiraten im Mai, wenn überall frisches Grün sprießt. Das ist ein guter Start in unser neues Leben.

Grüne Wiese – was ist das?

Meine Deutsch-Lehrerin hat mich gebeten, einen Vortrag über eine grüne Wiese zu halten. Ich liebe solche Aufgaben. Und ich liebe Wiesen. Am besten gefällt mir die wunderschöne Wiese am Haus meiner Oma. Sie ist voller Blumen, denn auf ihr blühen den ganzen Sommer über gelber Löwenzahn, weiße Gänseblümchen, blaue Glockenblumen, roter Klee und vieles mehr. Und weil über den Blüten Bienen, Käfer und vor allem viele verschiedene Schmetterlinge herumschwirren, nennt sie die Oma liebevoll Schmetterlings-wiese. Sie erklärt mir, dass Insekten und Falter die Blüten zum Leben brauchen und dass sich die Blumen nur durch das Bestäuben erhalten. Doch Omas Wiese ist bunt und das vorgegebene Thema meines Vortrages lautet: *Grüne Wiese*.

Ganz grün ist die Wiese unseres Nachbarn, er nennt sie Rasen und hat sie fix und fertig im Baumarkt gekauft und einfach wie einen Teppich direkt in seinem Hof ausgerollt. Auf dieser *grünen Wiese* gibt es keine Schmetterlinge, Bienen und Käfer, deshalb glaube ich, dass ein Rasen gar keine Wiese ist. Sonntags mäht er seinen Rasen mit einer lauten Maschine, über die sich meine Mutter immer ärgert.

Ich kenne noch einen grünen Rasen, der riesig groß ist. Auf diesem spielt mein kleiner Bruder Fußball. Doch dieser Rasen ist so wertvoll, dass er nur jeden zweiten Sonntag zu einem öffentlichen Spiel gegen Gäste betreten werden darf. Das wöchentliche Training an jedem Donnerstag ist auf einem anderen Platz nebenan, der wie eine zertrampelte Wiese aussieht. Mit seinen Freunden spielt er meist auf der eher grau-bunten Feldwiese nebenan oder auf dem Sportplatz der Feuerwehr.

Meine große Schwester mag einen Cocktail, der *Grüne Wiese* heißt, er wird mit Curacao gemixt, der ihm die giftig grüne Farbe gibt. Diese grüne Wiese hat meine Lehrerin sicher nicht gemeint.

Ich frage meinen Vater. Er arbeitet im Bauamt der Stadt und kann mir alles beantworten, was ich wissen will.

„Eine *grüne Wiese* ist eine Fläche, die noch nicht bebaut ist und nicht zum Siedlungsbereich der Stadt oder Gemeinde gehört", erklärt er mir.

„Seltsam", wundere ich mich.

„Wir sagen auch, dass das neue Einkaufszentrum auf die *grüne Wiese* gesetzt wird, weil dort vorher nichts war. Dann müssen die Leute nicht mehr zum Einkaufen in die Innenstadt."

Ich nicke, denn meine Mutter findet diese Einkaufszentren auf der *grünen Wiese* sehr praktisch, weil sich alle Geschäfte für Lebensmittel, Bekleidung und die Apotheke dicht beieinander und direkt neben dem Parkhaus befinden.

Doch zum Bummeln fährt sie am liebsten nach Leipzig. Dort gibt es viele Passagen, Durchgangshöfe und Messehäuser, ein wahres Einkaufsparadies aus Luxusgeschäften und verschiedenen Boutiquen, kein Aneinander-reihen von immer den gleichen Ladenketten wie sonst überall.

„Oma, kannst du mir helfen? Ich soll einen Vortrag über die *grüne Wiese* halten."

Die Oma reagiert empört: „Ich will nicht auf die *grüne Wiese*, ich will ein richtiges Grab."

Erschrocken weiche ich zurück. Was hat denn eine grüne Wiese mit dem Sterben zu tun?

„Auf der grünen Wiese gibt es nicht einmal einen Grabstein. Da weiß keiner, wer dort begraben liegt. Du kannst zwar am Rand

Blumen und Grabschmuck ablegen, doch ich finde es pietätlos, wenn die Urnen hunderter Toter, dicht an dicht in der hintersten Ecke eines Friedhofs liegen. Kein Namensschild, kein Grabstein deutet darauf hin, wo genau sie in der Erde verschwunden sind. Noch schlimmer ist nur, wenn sie oben im Norden die Asche einfach in die See kippen." Dann hebt sie den Finger und erklärt: „In Bayern verbrennen sie ihre Leichen nicht, dort gibt es noch richtige Gräber."

Was soll ich darauf antworten? Ich hatte mir darüber noch nie Gedanken gemacht und wusste gar nichts über die unterschiedlichen Möglichkeiten.

„Der Name des Verstorbenen sowie das Geburts- und Sterbejahr gehören auf den Grabstein. Ich will nicht anonym verscharrt werden", bestimmt Oma energisch.

Sofort schüttle ich meinen Kopf. „Nein, das will ich auch nicht", versichere ich.

Oma tätschelt mir den Kopf. „Du bist ein gutes Mädchen, ich weiß das sehr wohl." Sie lächelt. „Viele Menschen entscheiden sich dafür, weil sie ihren Kindern und Enkelkindern nicht mit einer jahrelangen Grabpflege zur Last fallen wollen."

„Aber Unkraut zupfen, Blümchen pflanzen und den Grabstein putzen ist doch keine Last!"

„Nein, eine Last ist es wohl nicht, doch immerhin eine Verpflichtung." Die Oma hebt mahnend den Zeigefinger. „Außerdem hat man mit einem Grab immer einen Platz, wo man hingehen kann, wenn man traurig ist und an den Verstorbenen denken."

„Aber Oma! Ich kann doch überall an dich denken oder an den Opa, dazu brauche ich keinen bestimmten Platz."

„Das ist wohl wahr, Mädchen. Doch für die meisten Leute ist es gut, solch einen festen Platz für die Trauer zu haben."

Ich schüttle den Kopf. Das kann ich mir nicht vorstellen. Doch immerhin habe ich jetzt ganz viele Ideen für meinen Vortrag über die *Grüne Wiese.*

Braun ist die einzige Farbe, die der Himmel nicht kennt. Braun ist die Erde, der Boden unter den Füßen und vermittelt Geborgenheit.

Ich steh hinterm Zaun
und will drüber schaun.
Was ich dort sehe?
Ganz viel Erde, ganz viel Braun.

(Petra Weise)

Die falsche Adresse
aus „Eine verhängnisvolle Diagnose"

Es kam mit der Morgenpost und sah aus wie jedes andere normale Paket: eingewickelt in braunes Packpapier und an den Seiten mit breitem Klebeband verklebt. Der Postbote stand mit unbeteiligter Miene an der Tür, tippte mit seinem Zeigefinger auf ein Blatt Papier und hielt mir einen Kugelschreiber direkt vor die Nase. Er sah nicht, wie mühsam ich mich auf den Beinen hielt, denn ich allein ahnte, dass es mit dem Paket eine besondere Bewandtnis hatte, eine ganz besondere …

Langsam strich ich mit der Hand über das braune Papier. Dicht neben der Anschrift fiel mir ein Stempel auf. Er sah aus wie eine kleine Tabelle. Zwei Positionen waren dick angekreuzt: *Empfänger unbekannt* und *Zurück an Absender.* Der Absender war ich. Vor genau zehn Tagen hatte ich eben dieses Paket abgeschickt, nach München, Hofmannstraße 51. An Herrn Ralf Assmann. Rasch blätterte ich in meinem Adressbuch, obwohl ich Ralfs Anschrift im Schlaf hersagen konnte: Hofmannstraße 51 – mit Rotstift eingetragen. Nur die Telefonnummer fehlte noch.

„Auskunft? Bitte die Rufnummer von Assmann in München. Assmann Ralf."

„Assmann mit Doppel-S?"

„Ja, Doppel-S. Und Ralf mit einfachem Ef wie Friedrich."

„Mistralstraße?"

„Nein, nein. Hofmannstraße. Hofmann mit einem Ef. Hofmannstraße 51."

„Kein Eintrag."

„Moment, bitte, der Anschluss ist neu."

„Augenblick. Nein, kein Eintrag. Unter Hofmannstraße 51 ist die Firma Siemens eingetragen. Die Rufnummer wird angesagt."

Ralf war mein Verlobter. In vier Wochen wollten wir heiraten und in München ein ganz neues Leben beginnen. Nur wir zwei – ohne alte Freunde und ohne Familie. Ralf hatte schon alles vorbereitet. Unser neues Leben konnten wir unmöglich hier in Rantum beginnen. Ralf meinte, ich müsse hier so schnell wie möglich weg, sonst wäre ich bald genauso spießig und kleinkariert wie alle Leute auf Sylt.

„Ein Jahr Bundeswehr hier in dieser Einöde ist schlimm genug. Warum sollten wir freiwillig am Ende der Welt leben?"

„Aber Ralf, Sylt ist doch nicht das Ende der Welt. Im Gegenteil! Die Feriengäste kommen jedes Jahr vom Festland herüber. Sogar aus dem Süden. Aus Düsseldorf zum Beispiel."

„Typisch! Für dich ist Düsseldorf schon Süden. Aber Düsseldorf ist Norden. Nicht weit weg von der Nordseewelle."

Ich lachte. Ralf übertrieb gern.

„Du lachst. Warst wohl noch nie im Süden, was? Gardasee?"

Lächelnd schüttelte ich den Kopf.

„Oder wenigstens in München?"

Wieder schüttelte ich den Kopf. „In Hamburg war ich mal. Vor zwei Jahren. Und ich fahre ab und an zu Tante Lore nach Kiel."

„Kiel", schnaufte Ralf verächtlich. „Du hast keine blasse Ahnung von der Welt. Du weißt echt nicht, wie schön es im Süden ist."

„Meine Eltern waren mal in Spanien. Aber das machen sie nie wieder. So feinen Strand wie auf Sylt gibt es nirgendwo auf der Welt. Auch nicht in Spanien."

„Und du Dummerchen glaubst das. Der Strand in Spanien mag grober sein. Dafür liegt der Sand am Boden und knirscht nicht wie hier zwischen den Zähnen und in der Unterwäsche. Außerdem brauchst du im Süden einen Sonnenschutz und keinen Windschutz wie hier. Dieser ewige Wind! Der macht mich verrückt!"

„Aber er ist gesund. Der Wind vertreibt viele Krankheiten."

„Logisch. Wen vertreibt der Wind nicht? Das hält die stärkste Bazille oder Bakterie nicht aus. Einfach ätzend!" Ralf schniefte. „Ich sterbe vor Langeweile."

„Westerland ist nicht langweilig. Eher sehr hektisch. Und Kampen …"

Mit einer heftigen Handbewegung schnitt mir Ralf die nächsten Worte ab.

„Kampen. Ausgerechnet Kampen. Zehn windschiefe Häuser mit Stroh auf dem Dach. Sehr modern. Bäh …" Höhnisch lachte er auf.

„Ohne eure Feriengäste könntet ihr euch begraben lassen. Sand dafür habt ihr genug."

Weit holte er mit seinen Armen aus. „Schau dich um! Eine einzige Straße. Nicht mal ein Hund rennt hier lang. Und weißt du auch, warum? Weil er keinen einzigen Baum findet, an den er pinkeln könnte."

Ich lachte.

Ralf ergänzte: „Ich glaube, du weißt nicht einmal, wie ein richtiger Baum aussieht."

Ich konnte mir ein Leben auf dem Festland nicht so recht vorstellen. Zwar besuchte ich gern meine Tante in Kiel, sie wohnte außerhalb der Stadt in einem hübschen Häuschen mit einem großen Garten voller kleiner Tannen und wunderschöner Sträucher und Blumen. Doch jedes Mal war ich froh, wenn ich wieder nach Hause auf die Insel fuhr. Mit dem Zug den Damm entlang übers Watt. Das war wunderschön.

Ralf mochte das Wattenmeer nicht. Er fand es langweilig. Dabei gab es so viel zu sehen: kleine Krebse und Muscheln zum Beispiel. Und man musste gut aufpassen, die Wasserlöcher konnten tief sein. So mancher Fremder hatte die Orientierung verloren und nicht gemerkt, wie schnell das Wasser zurück kam. Ralf wunderte das nicht. Er meinte, in jede Richtung wäre nur der gleiche eklige Schlamm. Doch ich hatte immer gern Wanderungen über das Watt unternommen. Mit meinen Freunden lief ich stundenlang durch den Schlick und erfreute mich an der schönen Natur. Nach der Arbeit bummelte ich gern am Wasser entlang, manchmal bis vor zur Himmelsleiter und dann durch die Dünen zurück. Mich störte der Wind nicht, im Gegenteil. In meinen warmen Anorak gehüllt stemmte ich mich gern gegen den Sturm und ließ mich richtig durchpusten. Eigentlich war ich glücklich auf der Insel.

Bis Ralf kam. Er hat mir viel von fremden Ländern und vor allem von München erzählt. Ralf sehnte sich nach den Biergärten. Er meinte, dass sich dort wildfremde Menschen miteinander unterhalten und fröhlich sind. Es stimmt schon – hier war man Fremden gegenüber verschlossen. Ich auch. Ralf wollte mir helfen und meinte, ich würde mich ganz schnell in München eingewöhnen und mir kein anderes Leben mehr wünschen.

Als die Bundeswehrzeit abgedient war, fuhr Ralf noch am gleichen Abend fort. Er wollte sich sofort melden, wenn er einen Job und eine passende Wohnung für uns gefunden hatte. Am liebsten wäre ich gleich mitgekommen. Aber ich musste noch zehn lange Wochen bis zum Ende meiner Kündigungszeit warten. Außerdem war Ralfs Zimmer in München zu klein und seine

Wirtin erlaubte keinen Damenbesuch.

Ich war gelernte Bankkauffrau und würde in München sicher schnell eine Arbeit finden. Für Ralf war das schwieriger. Er war Landvermesser, wollte sich aber eine interessantere Tätigkeit suchen und auf keinen Fall zu seiner früheren Firma zurück.

Die Zeit wollte und wollte nicht vergehen, nachdem Ralf abgereist war. Jetzt merkte ich, wie recht er hatte. Hier oben im Norden war es kalt und unfreundlich. Mir machte es keinen Spaß mehr, nach Dienstschluss am Wasser entlang zu laufen. Ich ging auf dem kürzesten Weg nach Hause. Dort saß ich dann und starrte auf das Telefon. Aber es klingelte nicht. Ich putzte den Hörer, den ganzen Apparat – zuerst mit dem Staubtuch, dann mit einem feuchten Lappen. Es half nichts, das Gerät blieb stumm.
Sicher findet Ralf nicht so schnell eine Arbeit. Und anrufen mag er von der Wirtin aus auch nicht. Das war klar. Das hatte er mir ganz genau erklärt. Ob er mir böse war? Aber warum? Vielleicht war ihm etwas zugestoßen und er konnte mich nicht benachrichtigen. Erschrocken fuhr ich hoch. Hatte es eben geklingelt? War ich etwa eingeschlafen und hatte das Telefon überhört? Stille. Das Telefon stand direkt neben meinem Kopf, der Hörer lag

gerade auf der Gabel, die Schnur war nicht verdreht.

Vielleicht die Türklingel? Hatte Ralf ein Telegramm geschickt? Rasch lief ich die Treppen hinunter, nahm gleich zwei Stufen auf einmal. Aber kein Postbote stand vor der Tür. Und im Briefkasten lag keine Nachricht für mich. Nichts. Vier Wochen und drei Tage lang. Nichts!

Dann endlich rief er an. „Hallo Sannchen, da bist du ja!" Seine Stimme klang fröhlich wie immer. „Stell dir vor, ich habe einen Job gefunden."

„Aber ..."

„Da staunst du, was? Bin Kurier bei nem Japaner, fahre eine Riesen-Kiste. Keine fünf Wochen mehr und du bist hier, meine Maus."

Er hatte mich also nicht vergessen und zählte die Tage wie ich.

„Warum„ rufst du erst heute an? Ich habe mich so gesorgt."

„Tut mir leid, ehrlich. War gar nicht so leicht, einen Job und eine Wohnung zu finden."

„Du hast schon eine Wohnung?", jubelte ich. „Wie groß ist sie?"

„Zwei superschöne Zimmer und eine kleine Küche. Wird dir gefallen."

„Schick mir schnell den Grundriss!", bat ich.

„Dann mache ich sofort eine Zeichnung und bastle unsere Möbel hinein." Ich freute mich schon.

„Vielleicht brauchen wir unser altes Zeug gar nicht. Ich komme günstig an eine tolle Schrankwand. Sieht genauso aus wie die im Katalog. Weißt du noch? Die in Birke mit den grünen Türen."

„Aber ja!"

„Ich habe sie schon angezahlt. Sie könnte übermorgen geliefert werden."

„Übermorgen? Das ist ja toll!"

„Ja. Allerdings fehlt mir Bares. Wäre fällig bei Lieferung."

„Wie viel denn?"

„Fünfzehn. Bin völlig blank, Sannchen. Kannst du so viel locker machen? Ich meine, wäre ja für uns. Natürlich nur, wenn du überhaupt noch zu mir ziehen willst."

Und ob ich wollte! Ich hatte ohnehin fast 4000 Mark für Möbel gespart.

„Ralf, ich kann dir sogar mehr schicken als die 1500."

„Wäre toll, Sannchen. Dann könnte ich auch gleich das Bett bestellen. Das Sofa und die Sessel machen wir dann zusammen. Einverstanden?"

Natürlich war ich einverstanden. Ich freute mich riesig.

"Ich überweise dir 3500. Reicht das?"

„Bist ein Schatz, Sannchen. Musst aber heute noch schicken. Postlagernd. Per Express. Postamt Mitte. Dann kann ich morgen nach der Arbeit das Geld holen."

„Geht klar, Ralf, kannst dich auf mich verlassen. Und die Adresse? Ich meine, wo genau wohnen wir?"

„Hofmannstraße 51. Hofmann mit einem Ef. Zweiter Stock. Postleitzahl weiß ich nicht."

„Das finde ich schon raus, Ralf. Ich freue mich so! Ich gehe sofort los. Zur Post meine ich."

„Ich schreib dir", wollte ich noch sagen, aber Ralf hatte schon aufgelegt.

Natürlich schickte ich sofort das Geld für die Möbel. Und ich schickte ein Paket. Ein Paket mit Sachen, die er hier vergessen hatte: seine zwei Pullover, ein Paar Socken und eine luftgetrocknete Wurst, die er so gern mochte.

Und jetzt steht das Paket vor mir und ich weiß nicht, was ich machen soll.

Eklig braune Haufen

aus „Mein Hund Benno"

Endlich Urlaub! Wir wollen unserem Hund Benno die Ostsee zeigen, denn bis jetzt kennt er nur Bäche, Flüsse, Teiche und Seen. Das offene Wasser kennt er nicht. Deshalb haben wir eine schöne Ferienwohnung in Grömitz gebucht. Gleich nach dem Frühstück fahren wir los und machen zwei Stunden später unsere erste Pause, um mit dem Hund eine kleine Runde zu laufen. So brauchen wir zwar mehr Zeit bis zum Urlaubsort, aber wir kommen entspannt in Grömitz an.

In dem kleinen Ort finden wir schnell unser Ferienhäuschen, obwohl es dem Foto im Internet nur mit viel Fantasie ähnelt. Es ist so winzig, dass mein Mann problemlos mit seiner Hand die Dachrinne erreichen kann. Der so hübsch beschriebene Vorgarten ist nur drei Schritte lang und eigentlich eher ein platt getrampeltes Rasenstück, davor ein niedriger Metallzaun.

Den Schlüssel finden wir wie besprochen unter dem dunkelbraunen Blumentopf mit der aufgemalten Sonnenblume. Wir schließen die

Haustür auf und treten in eine Art finsteren Verschlag, dessen Boden einfach aus festgestampfter Erde besteht. Schräg vor der Lehmwand steht ein wuchtiger dunkler Kleiderschrank. Auf der linken Seite führen zwei grob gezimmerte Treppenstufen in eine Schlafkammer, die gerade so Platz für das an die Wand geschobene Doppelbett bietet. Nicht einmal eine Leselampe befindet sich am Bett. Wir gehen zurück in den dunklen Vorraum. Von dort aus erreichen wir einen sehr schmalen Durchgang, der wahrscheinlich die Küche darstellen soll. Wir quetschen uns zwischen einem Wandbrett, das unter dem niedrigen Fenstersims angebracht ist, und dem Herd hindurch. Das Brett könnte man als Essplatz nutzen, wenn man nicht viel mehr als eine Kaffeetasse abstellen will. Neben dem Herd steht ein alter Kühlschrank und darüber hängt schief ein Regalbrett, der einzige Platz für Vorräte. Im Raum dahinter ist die Stube mit einem alten dunkelbraunen Sofa, Couchtisch und einem recht modernen Fernsehgerät. Ehe ich etwas sagen kann, sitzt mein Mann auf dem Sofa, hält die Fernbedienung in der Hand und zappt sich durch die Programme. „Typisch!", denke ich leicht verärgert und suche inzwischen die Toilette.

„Michi! Ich finde das Klo nicht."

„Vielleicht ist es draußen?", vermutet Micha.

„Dann reisen wir sofort wieder ab", bestimme ich entsetzt. Das fehlte noch! Ein Plumsklo wie früher bei meiner Oma. Schließlich entdecke ich neben dem Treppchen zur Schlafkammer eine Art Stalltür, dahinter befinden sich das Klo und eine sehr schmale Duschkabine. Ich bin klein und schlank, aber Micha wird sich kaum darin bewegen können. Luxus hatte ich für den günstigen Mietpreis nicht erwartet, aber fürs erste bin ich von dieser Unterkunft geschockt. Ich komme mir vor wie in einem Ziegenstall und würde am liebsten gleich wieder nach Hause fahren.

„Ach, wir werden uns kaum hier drinnen aufhalten", tröstet Micha. „Schon gar nicht bei diesem herrlichen Wetter."

Unserem Hund sind die Zimmer gleichgültig. Er fühlt sich überall wohl, wo wir sind. Mehr braucht er nicht. Momentan wälzt er sich zufrieden auf dem Rasenstück vor dem Häuschen. Plötzlich springt er auf, hüpft mit einem Satz über den Zaun und ist verschwunden.

„Benno!", schreie ich. „Komm zurück!"

Ich muss nicht allzu oft rufen, schon kommt er auf mich zu gerannt. Allerdings nicht allein. Ein großer schwarzer Labrador läuft hinter ihm her, springt wie Benno über den niedrigen Zaun und schaut sich seelenruhig in unserem Ferienhäuschen um. Ich bleibe wie erstarrt in der offenen Tür stehen. Es ist besser, mich nicht zu bewegen, denn ich kenne den anderen Hund nicht. Zum Glück dauert es nicht lange und der fremde Hund geht davon. Schnell schließe ich hinter ihm die Tür.

„Ich will unbedingt sofort ans Meer!", rufe ich. „Komm schon!"

Micha erhebt sich und trennt sich widerwillig vom Fernseher.

Keine fünf Fahrminuten später parken wir direkt am Strand und sehen sofort ein großes Schild *Hunde-Strand Anfang*. Das gefällt uns und wir leinen Benno ab. Der Hund rennt in großen Sprüngen am Strand entlang und buddelt Löcher in den weichen Sand. Dann läuft er auf das Wasser zu, Wasser ist sein Element. Doch das Wasser kommt auf ihn zu und springt ihn mit einem großen Platsch an. Erschrocken zuckt Benno zurück und duckt sich. Ich lache. Micha hockt sich nieder und planscht mit seinen Händen ins Wasser. Benno kommt näher. Doch er traut diesem Wasser nicht, das schon wieder auf ihn zu gespritzt kommt. Er rennt lieber über den Strand. Wir sind ganz allein – weit und breit ist niemand zu sehen. Im Mai gibt es noch keine Badegäste. Schließlich entdeckt der Hund eine ruhige Pfütze, die sich nicht bewegt. So ein Wasser kennt er und schon sitzt er mittendrin. Ich greife einen Stock und werfe ihn ins Meer. Benno springt automatisch hinterher und schwimmt im Wasser. Von da an ist er nicht mehr zu halten. Rein ins Meer, wieder raus, Löcher im Sand graben, über den Strand rennen, wieder ins Wasser.

In der Nacht habe ich unerwartet gut geschlafen und bin am Morgen entsprechend gut gelaunt. Wir fahren sofort nach dem Frühstück an den Strand. Es ist Sonntag, die Sonne scheint und es weht kein Wind. Wir parken in Ortsnähe. Es sind viele Leute unterwegs, die den freien Tag und das schöne Wetter nutzen.

Benno findet am Strand einen Seestern und beißt hinein. Es knackt. Das gefällt ihm und er frisst das Teil auf. Überall liegen Seesterne, Benno spielt mit ihnen, vergräbt sie im Sand oder frisst sie einfach auf. Schaden kann das nicht, denn Meerestiere sollen viele gesunde Proteine enthalten.

Wir gesellen uns zu den vielen sonntäglich herausgeputzten Leuten auf der Düne und laufen die Promenade entlang in Richtung Dorf. Gleich am Ortseingang direkt am Strand sehen wir eine kleine Bude mit einer Bank vor der Tür und einem Schild im Fenster: *Wir haben Platz für 345 Gäste – so nach und nach.* Das finden wir lustig und treten näher.

„Kommen Sie!", lockt die Verkäuferin und winkt uns zu. Sie zeigt auf ein gutes Dutzend Fischbrötchen, jedes sieht anders aus. Daneben liegen Fischfilets auf Eis und Salate in breiten Schalen.

„Wir machen alles frisch. Sie müssen nur sagen, was Sie wollen." Mit der Hand weist sie auf eine große Tafel mit einem unglaublich reichlichen Angebot.

„Ich weiß gar nicht, was ich nehmen soll", rufe ich begeistert. Viele der angebotenen Fischsorten kenne ich gar nicht. Schließlich wählen wir fangfrischen Hering. Die Frau hat unsere Brötchen blitzschnell zubereitet und mit frischem Obst garniert. Wir sind uns einig, so leckere Fischsemmeln gibt es bei uns daheim nicht.

Dann bummeln wir weiter und stehen schließlich vor dem großen Kurhaus. Überall sitzen Leute in ihrem hellen Sonntagsstaat auf den Bänken. Plötzlich beugt sich Benno nach vorn, reckt den Hals und kotzt einen riesigen hellbraunen Haufen mitten auf die Promenade.

„Iiih!", schreie ich, trete schnell einen Schritt zurück und schaue mich gleichzeitig erschrocken um. Ich merke, wie mir heiß wird und meine Wangen wie Feuer brennen.

„Die Seesterne!", ruft Micha entsetzt.

Er holt einen Beutel aus seiner Hosentasche und beseitigt das Malheur. Mindestens tausend Leute – so scheint es uns – schauen dabei zu. Wir wollen weitergehen, aber Benno ist noch nicht fertig. Er kotzt immer weiter. Neben dem Kurhaus hängt ein Kasten mit Hundekackbeuteln. Ich laufe hin und ziehe gleich einen ganzen Pack heraus. Wir zerren Benno zur Seite und suchen mit den Augen irgendeine Stelle, wo wir nicht so auf dem Präsentierteller stehen, während der Hund weiter eklig braune Haufen kotzt. Plötzlich hockt er sich in eine Blumenrabatte und verbreitet dort eine dunkelbraune Brühe: Durchfall! Mir wird schlecht und ich drehe mich zur Seite.

„So eine Sch…! Das kann ich unmöglich wegräumen". Ratlos schaut mich Micha an.

Ich würde am liebsten im Boden versinken oder weglaufen. Doch ich muss neben meinem Hund stehen bleiben, aus dem immer und immer mehr helle und dunkle braune Haufen kommen, während Micha zwischen dem Hund und den Abfallkörben hin und her läuft.

„Geh doch endlich weiter!", faucht mich Micha an.

Ich zerre mit ganzer Kraft den Hund hinter mir

her. „Komm endlich!", presse ich zwischen den Zähnen hindurch. „Nur nicht hochschauen!", ermahne ich mich. Ich will die Leute gar nicht sehen, die uns nachstarren. „Guter Gott, bitte mach, dass ich schnell zum Auto komme und mich keiner wütend beschimpft!"

Wir fahren sofort zum Ferienhaus zurück. Benno rennt in die kleine Wohnung und setzt in den engen Küchengang und auf den Stubenteppich weitere Haufen, zum Glück sind es nur noch die festeren hellbraunen.

„Kannst du nicht auf die Wiese oder in den blöden Vorraum kotzen?", schreit Micha den Hund an. Ich hole schnell eine Schaufel. Damit entsorgen wir das braune Zeug in die Toilette und spülen kräftig. Es dauert nicht lange, da ist die Kloschüssel bis oben hin voller brauner Brühe, in der die hellbraunen Bröckchen schwimmen. Micha drückt immer wieder auf den Spülknopf. Mir wird Angst und Bange.

„Hör doch endlich auf zu spülen! Siehst du nicht, dass es gleich überläuft?!"

„Es kann nichts passieren. Wir sind im Erdgeschoss, es gibt nicht einmal einen Keller."

„Und wie soll es ablaufen, wenn hier kein Gefälle ist? Wir müssen bestimmt alles wieder herausholen." Schon beim Gedanken daran hebt es mich aus. Angeekelt drehe ich mich zur Seite.

„Nur Geduld", tröstet Micha und drückt immer und immer wieder den Spülknopf.

Ich setze mich raus in den Vorgarten, binde den Hund an den niedrigen Zaun und versuche, nicht loszuheulen. Am liebsten würde ich sofort nach Hause fahren.

Nach mehr als einer halben Stunde kommt Micha zu mir und meldet: „Der Abfluss ist wieder frei."

Ich bin derart erleichtert, dass ich nun doch noch losheule. Micha knufft mich in den Arm. Ich schaue ihn an und sehe, wie seine Schultern beben. Er lacht! Nun muss auch ich lachen.

Von diesem Tag an frisst Benno keine Seesterne mehr. Doch wir haben eine Geschichte, die wir noch lange unseren Freunden und Verwandten erzählen können und inzwischen recht lustig finden.

Natürlich braune Haut

„Heute lerne ich ihn kennen!", jubelt die Stimme meiner Freundin Iris aus dem Telefon.

„Wen?", will ich wissen.

„Na, den Torsten! Meine Internetbekanntschaft."

„Ich weiß nicht, mir wäre das zu gefährlich."

„Wieso denn gefährlich?", wundert sich Iris.

„Du weißt überhaupt nicht, was das für ein Typ ist."

„Eben! Deshalb lerne ich ihn heute kennen."

„Und wenn es nun gar nicht sein richtiges Foto ist?"

Torsten sieht auf seinem Bild auf dem Internet-Portal hinreißend toll aus: dunkelbraune Haare, hellbraune Augen, ein freches Lachen und irrsinnig breite Schultern, ein Typ zum Verlieben.

„Wenn es in Wirklichkeit ein alter Kerl so um die vierzig ist oder noch älter?"

Iris antwortet nicht.

„Und wenn es nun ein Vergewaltiger ist oder gar ein Mörder?", gebe ich zu bedenken.

„Du spinnst! Sag mir lieber, was ich anziehen soll!"

„Ganz klar deine engen schwarzen Jeans und den roten Pulli."

„Der Pulli ist mir zu grell und außerdem viel zu hochgeschlossen."

Nun muss ich lachen. Iris will ihre schönen vollen Brüste zeigen, aber gleichzeitig nicht so auffallen. „Dann nimm das dunkelgrüne Shirt mit dem spitzen Ausschnitt! Das ist nicht zu gewagt und Grün passt supertoll zu deinen rotbraunen Haaren."

„Gut", stimmt Iris zu. „Du kommst doch mit?"

„Wie sieht denn das aus, wenn du zum Date mit einer Freundin kommst?"

„Allein trau ich mich nicht. Du kannst am Nachbartisch einen Sekt oder Kaffee trinken, auf meine Kosten natürlich. Und dann sagst du mir, wie du ihn findest."

Die Idee gefällt mir überhaupt nicht.

„Und wenn der Typ Ärger macht oder langweilig ist, dann lasse ich ihn sitzen und wir zwei machen uns einen lustigen Abend."

„Also ich weiß nicht."

„Aber ich weiß es", bestimmt Iris. „Neun Uhr bei mir, abgemacht?"

„Abgemacht."

„Ich muss nur noch meine Haare färben und waschen und mich schminken", beendet Iris das Gespräch und legt den Hörer auf.

Iris macht viel Theater um ihr Aussehen. Dabei ist sie auffallend hübsch. Ihr Puppengesicht mit vollen Lippen und großen braunen Augen umrahmen rot-braune Locken. Ich beneide sie um ihre schlanke Figur mit den extrem langen Beinen und vollen Brüsten.

Ihr Problem ist eine Pigmentstörung, die große weiße Flecken auf ihren Beinen und dem gesamten Körper macht. Ärgerlich für Iris ist der breite weiße Streifen auf ihrer Stirn und die weiße Haarsträhne darüber. Die fällt in ihrem dunklen Haar sofort auf. Das Färben ist bisher immer schief gegangen, da die weiße Strähne keine Farbe annimmt oder seltsame Tönungen fabriziert. Den Fleck auf der Stirn kaschiert Iris mit dunkelbraunem Make up und den Locken, die sie sich ins Gesicht zieht.

„Wie siehst du denn aus?", schreie ich entsetzt, als mir Iris die Tür öffnet. Ihr Gesicht leuchtet wie ein orangefarbener Lampion mit einem undefinierbaren Muster. Die Haut unter dem einen Auge ist dunkelbraun, unter dem anderen schlohweiß. Um den Kopf hat sie ein Tuch geschlungen.

„Lass mich!" Iris rennt in ihr Zimmer und wirft sich auf das Bett mit dem Gesicht zur Wand.

Ich setze mich zu ihr und streichle ihren Rücken. Iris wackelt mit der Hand, ich ergreife sie sofort und drücke sie.

„Was ist denn passiert, Süße?"

Statt einer Antwort schluchzt sie herz-zerreißend. Ich lege mich neben sie aufs Bett und streichle wieder ihren Rücken, der auf und nieder bebt. Nach mehr als fünf Minuten gehen die lauten Schluchzer in leises Weinen über.

„Nun erzähle!", bitte ich.

„Nie wieder kann ich mich unter Menschen trauen! Nie, nie wieder!", schreit Iris. Ihre Stimme klingt völlig verzweifelt. Ich weiß nicht, was ich machen soll, wie ich ihr helfen kann.

„Hat dich Torsten abserviert?", vermute ich.

Das löst einen neuen Heulkrampf bei Iris aus.

„So ein Mistkerl!", denke ich. Ich hatte schon vermutet, dass diese Internetbekanntschaft schief geht. Er sieht einfach viel zu gut aus, sicher hat er einen ganzen Harem von Internet-Liebschaften, die wie Iris darauf hoffen, ihn endlich kennenzulernen.

„Nahein!", heult Iris. „Er wartet auf mich, hat er mir gerade eben geschrieben, aber ich kann doch so nicht raus gehen."

Sie setzt sich auf und schaut mich anklagend an. So aus der Nähe ist ihr Gesicht regelrecht entstellt. Die Haut leuchtet unnatürlich grell orange mit hellen und dunklen braunen Flecken, vor allem auf der Stirn und auf dem Hals. Langsam zieht Iris das Handtuch vom Kopf. Ich halte mir vor Schreck die Hand vor den Mund, als ich die orange leuchtende

Strähne zwischen fleckig-rot-braunen Locken sehe.

„Nein, so kannst du wirklich nicht rausgehen."

Das Jammern wird wieder lauter.

„Hast du eine Allergie?", frage ich besorgt.

„Wieso?" Iris starrt mich entsetzt an. „Meinst du, ich vertrage den Selbstbräuner nicht?"

„Selbstbräuner?" Ich schüttle den Kopf. „Warum tust du dir diesen Unsinn an?"

„Ich wollte schöne, natürlich braune Haut haben."

„Natürlich schön mit unnatürlicher Hilfe, das passt.", antworte ich bissig.

„Deinen Sarkasmus kannst du stecken lassen!", faucht Iris. „Halte mir jetzt keinen Vortrag über vornehme Blässe statt Bauarbeiter-Bräune! Das nervt. Du hast schließlich keine hässlichen weißen Flecken." Iris verändert ihre Tonlage. Sie fleht: „Hilf mir! Ich bitte dich."

Selbstbräuner sollen erheblich gesünder sein als Sonnenstrahlen oder gar das Licht im Sonnenstudio. Sonne verträgt Iris sowieso nicht, weil die weißen Flecken auf ihrer Haut sofort knallrot werden. Vielleicht hat deshalb der Selbstbräuner so schlimme Farben verursacht.

Ich schaue mich im Zimmer um und finde die Tube mit einem Rest der braunen Paste schließlich im Mülleimer. Das Präparat scheint in Ordnung zu sein, von Nebenwirkungen steht nichts auf dem Beipackzettel. Also klappe ich den Laptop auf und google nach „Schaden bei Selbstbräuner". Leider finde ich nur Werbung und den Hinweis, dass Selbstbräuner gesund für die Haut sind. Für weiße Pigmentflecken wird er sogar explizit empfohlen. Endlich entdecke ich den Tipp, bei Flecken ein Peeling zu benutzen, das Präparat lange einwirken zu lassen und den Vorgang zu wiederholen. Ich erzähle Iris sofort davon. Doch sie heult wieder los.

„So was habe ich gar nicht."

„Aber ich", sage ich schnell. „Ich laufe rüber zu mir und hole die Maske. Du duschst inzwischen, seifst dich ein und wäschst dir gründlich die Haare."

Als ich schließlich neben Iris im Bad stehe, sehe ich das gesamte Ausmaß des Schadens: sämtliche weißen Hautflächen sind orange und haben einen dunkelbraunen Rand, der sich deutlich von der hellbraunen Körperfarbe abhebt. Ich helfe Iris beim Einreiben und rubble das Peeling kräftig und mit kreisenden Bewegungen in die Haut, was die Flecken dunkelrot werden lässt.

„Iris, im Internet steht, dass ein Peeling zwar hilft, aber dass die Haut erst nach drei bis fünf

Tagen wieder ganz normal aussieht."

Iris heult wieder los. „Was mache ich jetzt?"

„Ganz einfach: du gehst trotzdem hin!"

„Bist du verrückt geworden?"

„Torsten hat dein Foto gesehen und nicht einmal nach dem weißen Fleck auf deiner Stirn gefragt. Der ist ihm offensichtlich völlig gleichgültig. Also wird er sich auch nicht über dein buntes Gesicht aufregen." Ich lache.

Iris lacht nicht.

„Du ziehst dich jetzt an, schminkst dich, richtest deine Haare und wir gehen los!"

Iris schüttelt den Kopf. „Du hast deinen Spaß und ich den Schaden."

„Ach was! Wenn Torsten nicht da ist, dann ist er ein Dummkopf. Und wenn er dich auslacht, ebenfalls."

Iris schaut mich unsicher an, immerhin lächelt sie jetzt.

„Und wenn er Humor hat, habt ihr gleich ein supertolles Einstiegsgespräch."

Arm in Arm gehen wir auf das Café zu. Direkt am Fenster sitzt ein Mann mit braunen Locken, eindeutig Torsten. Wir winken ihm zu. Noch bevor wir an der Tür sind, öffnet sie sich von innen, Torsten kommt heraus und geht schnell an uns vorbei.

„Was war das jetzt? Hat er uns nicht gesehen?"

Iris will ihm schon nachrufen. Ich kann sie gerade noch daran hindern.

„Übersehen kann er uns nicht, besonders dich nicht, du leuchtest wie ein Kürbis." Schon pruste ich los.

„Dabei ist heute gar nicht Halloween", stimmt Iris lachend zu.

„Nein, aber wir gehen jetzt da rein, bestellen Sekt und verschrecken noch mehr Leute."

Ich packe Iris am Arm und ziehe sie hinein in die vollbesetzte Gaststube. Nun war der ganze Ärger und Kummer völlig vergebens, aber meine Freundin hat ihren Humor wieder gefunden.

Grau – ist die Farbe der Neutralität, der Zustand zwischen Leben (weiß) und Tod (schwarz), die Geister sind grau.
Grau symbolisiert Würde und Weisheit.

Nachts sind alle Katzen grau,
rosa ist im Stall die Sau
und deine Augen strahlen blau.
Ich liebe meine schöne Frau.

(Petra Weise)

Graue Eminenz

Sie trug immer ein mausgraues Kostüm, unauffällig, neutral, elegant. Dazu eine weiße Bluse und graue Schuhe, keine flachen, aber auch keine hohen Absätze, eher mittelhoch und breit. Kaum einer von uns bekam sie zu sehen, zumal sie die Gänge fast lautlos wie ein graues Mäuschen entlang huschte und so schnell wie möglich hinter ihrer Tür verschwand. Sie hieß Gundula, Gundula Westphal, und war die Frau des Chefs.

Thomas Westphal präsentierte sich als das komplette Gegenstück zu seiner Frau. An ihm war nichts grau und neutral und schon gar nicht unauffällig. Am liebsten trug er grelle Farben, mit Vorliebe Rot, kombiniert mit Orange und Gelb. Wir nannten ihn Papagei hinter seinem Rücken. Er wusste das und schien sich darüber eher zu freuen als zu ärgern. Er wollte auffallen und bemerkt werden. Er war unberechenbar, ein Mensch, der schnell wütend und laut wurde. Dann beugten wir uns über unsere Arbeit und wagten nicht, aufzusehen.

Gundula begleitete ihren Mann zu keiner der vielen Veranstaltungen der Stadt, zu denen er eingeladen wurde. Von Thomas Westphal gab es in der regionalen Presse viele Fotos, von seiner Frau kein einziges. Bei Firmenfeiern hielt sie sich stets im Hintergrund und verschwand sofort nach dem offiziellen Teil. Im Grunde hätte sie getrost daheim bleiben können, das wäre keinem aufgefallen. Meine Kollegen nannten sie die Graue Eminenz, die im Hintergrund alle Fäden in der Hand hielt. Für mich war sie die langweilige graue Maus.

Ich mochte sie nicht und konnte nicht verstehen, was der Chef in ihr sah. Er groß und stattlich und sie klein und zierlich, das passte nicht. Ich würde zum Chef besser passen mit meinen 1,80 Meter Größe und knapp 90 Kilogramm Gewicht. Ich fiel genauso auf wie Thomas Westphal – wir wären ein schönes Paar, das keiner übersehen könnte.

So oft wie möglich lief ich ihm vor die Füße, was er kaum zu bemerken schien. Ich brachte ihm Kuchen, ließ mir grellrote Strähnchen in meine blondierten Haare färben und trug sehr enge bunte Pullis zu meist roten Röcken oder Hosen. Es half nichts, er verhielt sich mir gegenüber nicht anders als zu den anderen Kollegen. Sie lachten und tuschelten über mich. Mir war das nur recht.

„Man macht dem Chef keine schönen Augen. Das gehört sich nicht", mischte sich die Sekretärin ein. Auf ihre Meinung musste ich nichts geben, sie war schon alt, mindestens 50 Jahre und gehörte wohl zum Inventar. Nach ihr drehte sich keiner mehr um, nach mir schon. Ich wusste, was den Männern gefällt und ich wollte unbedingt dem Chef gefallen.

„Du machst einen großen Fehler, Mädchen", warnte die Sekretärin.

Ich zuckte nur mit der Schulter. Was wusste diese Alte schon vom Leben? Ihr Leben war vorbei, meines fing gerade an. Es sollte schön werden, in einem Penthouse stattfinden mit einem Sportwagen in der Garage. Thomas Westphal konnte mir all das bieten und ich ihm das, was ein Mann in einer Frau suchte.

Zwei Monate später kam meine Chance, denn ich sollte Herrn Westphal zu einem Kundenbesuch nach Berlin begleiten. Normalerweise war das Katis Aufgabe, doch die hatte überraschend gekündigt. Ich wusste sofort, dass der Chef mich auswählen würde, ich hatte seinen prüfenden Blick sehr gut verstanden.

Schon lange vor der vereinbarten Zeit stand ich unten vor meiner Haustür. Eigentlich wollte ich warten, bis der Chef klingelt. Doch das war vermutlich unhöflich, wenn er extra aus seinem Auto steigen musste. Außerdem hätte ich es sowieso nicht mehr lange in der Wohnung ausgehalten.

Ich trug mein rotes Strickkleid und dazu eine kurze graue Jacke, die das Rot des Kleides noch betonte. Jeans wären praktischer gewesen. Doch ich wusste nicht, ob wir sofort zum Kunden gehen und ich keine Zeit mehr zum Umziehen hätte. Außerdem wollte ich, dass Thomas – was für ein schöner Name! - während der Fahrt meine Beine sieht, meine wunderbar kräftigen Schenkel, die nicht so spargeldünn wie die von Frau Westphal waren.

„Du bist so jung, da darf ich dich duzen", bestimmte mein Chef. Ich jubelte innerlich und sagte: „Selbstverständlich gern, Herr Westphal. Ich bin die Verena."

„Verena also."

Eigentlich hatte ich gehofft, dass er auch mir das Du anbietet, doch vermutlich setzte er dies ohnehin voraus. Ich zog meinen Spiegel aus der Tasche und prüfte mein Make up. Alles war in Ordnung. Trotzdem zog ich langsam meine Lippen nach.

Die Fahrt machte mir ein wenig Angst, wir fuhren meiner Meinung nach viel zu schnell und immer auf der linken Spur, der Chef betätigte oft die Lichthupe und schimpfte über die Ausbremser.

„Haben wir es eilig? Ich meine, kommen wir zum Termin zurecht?", wollte ich wissen.

„Keine Sorge, wir haben Zeit."

Wir haben Zeit. Warum raste er dann so?

„Du hast schöne Beine", bemerkte er.

Also doch, frohlockte ich. Ich sah ihn an und drehte meine Knie nach links in seine Richtung. Thomas schaute zwischen meine Schenkel und schob mit seiner rechten Hand meine Beine etwas auseinander. Sofort durchzuckte es mich. Es wird einfach sein, ihn zu verführen. Ich drehte mich ganz zu ihm herum und lächelte ihn an, meine Beine ließ ich wie sie waren.

Thomas hielt direkt vor dem Hotel, stieg aus, übergab den Autoschlüssel einem Burschen und winkte mir, ihm zu folgen. Erst an der Rezeption holte ich ihn ein. Er hielt den Schlüssel bereits in der Hand, EINEN Schlüssel. Ich wusste sofort, dass ich ihm gefalle, er wollte es in der Firma nur nicht so offen zeigen. Mir gefiel, wie diskret er vorging. Wie selbstverständlich folgte ich ihm ins Zimmer, wo er mich sofort derb packte. Er hatte keine Zeit für ein sanftes Vorspiel, er war verrückt nach mir und ich genoss es. Mir machte es nichts aus, dass er fast grob in mich eindrang, im Gegenteil, ich spürte sein unbändiges Verlangen, was mich direkt ein wenig stolz machte.

Thomas bestellte Sekt und einen Imbiss. Wir blieben gleich im Bett und liebten uns immer und immer wieder. Er war unersättlich und hatte wie ich den Kunden ganz vergessen. Ich war überglücklich und schwebte wie auf Wolken. Ich hatte es geschafft und konnte es kaum erwarten, mein neues Leben zu beginnen. Thomas und Verena Westphal geben sich die Ehre – das klang wie Musik. Sicher würde er das Haus seiner Frau überlassen. Zum Glück gab es keine Kinder, die immer mal bei Papa sein und mir auf die Nerven gehen würden.

Ich kuschelte mich an Thomas und schlang meinen Arm um seine Schulter. „Ich liebe dich. Ich liebe dich vom ersten Augenblick an."

Thomas lachte.

„Wirst du es deiner Frau sagen?"

„Was meinst du?"

„Erzählst du deiner Frau von uns?"

„Was geht dich meine Frau an?"

„Ich liebe dich. Willst du …? Ich dachte, du willst mit mir leben."

„Bist du verrückt geworden?", schrie er mich an, schob mich zur Seite und setzte sich auf. „Wir haben Sex. Punkt."

„Aber …"

„Wenn dir das nicht passt, dann lassen wir´s. Kapiert?"

Ich zog die Beine an und die Decke bis hoch zum Kinn. Wie peinlich. Was hatte ich mir nur eingebildet? Was sollte ich jetzt tun? Mich anziehen und gehen? Dann müsste ich den Zug nehmen. Außerdem wirkte das kindisch. Ich musste Haltung bewahren und aufpassen, nicht hysterisch zu werden. Ich wollte ihn ansehen, aber das wagte ich nicht.

„Wenn du den Mund hältst, kann alles zwischen uns so bleiben. Wir fahren einmal im Monat nach Berlin und haben Spaß."

„Warum denn Berlin?" Ich merkte sofort, dass

das eine dumme Frage war.

„Hier kennt mich keiner."

Aha, ich war also ein Niemand und sollte ein Niemand bleiben. So hatte ich mir das nicht vorgestellt. Ich stand auf, nahm meine Sachen und ging ins Bad. Als ich wieder heraus kam, lag Thomas noch immer im Bett, nackt. Das brachte mich gleich in eine viel bessere Position. Außerdem fühlte ich mich in meinen Kleidern wieder sicher.

„Und wenn ich es deiner Frau sage?", wagte ich leise zu drohen.

„Das kannst du dir sparen, meine Frau weiß, was ich hier treibe."

Das konnte ich mir beim besten Willen nicht vorstellen. Er bluffte nur, er hatte Angst. Ich lächelte.

„Und wenn ich's doch tue?"

Thomas Westphal zuckte leicht mit der Schulter. Ruhig sagte er: „Meine Frau mag keine Skandale und auch kein Gerede. Sie redet nicht, sie handelt. Hast du das verstanden? Sie handelt!"

Was meinte er damit? Wollte er mir etwa drohen?

Er verschränkte seine Arme unter dem Kopf, sah mich an und lächelte. „Ihr gehört nicht nur die Firma, sondern der halbe Ort – im Grunde auch ich. Sie bezahlt mich für meine Arbeit und dafür, dass ich mich und damit ihre Firma überall repräsentiere. Wenn du den Mund aufmachst, bist du erledigt, du würdest nirgendwo in der Gegend mehr eine Wohnung oder Stelle finden und keine Zeitung würde deinen Unsinn drucken. Also, du hast die Wahl."

Irgendwie knickten meine Knie ein. Ich musste mich setzen.

Und hier sitze ich immer noch und überlege, was ich jetzt machen soll. Ich habe die Wahl, die Wahl zwischen zwei denkbar schlechten Alternativen.

Bunt ziemt sich nicht

„Bärbel, du musst kommen! Die Oma verlangt nach dir." Die Stimme meiner Tante Wiltraud klang ernst und dringlich am Telefon.

Ich setzte mich sofort ins Auto und fuhr in das Dorf, in dem meine Oma wohnte und wo ich meine ersten Lebensjahre verbracht hatte. Während der zwei Stunden Fahrt hoffte ich, dass Oma nicht krank geworden ist. Ich dachte zurück an die Zeit, in der ich bei ihr wohnte und mich behütet und wohl fühlte.

Meine Eltern arbeiteten den ganzen Tag, einen Kindergarten gab es nicht. Omas Kinder, die noch bei ihr wohnten, gingen in die Schule oder Lehre, waren also für mich keine geeigneten Spielgefährten. Meist saß ich auf einer Hitsche, wie Oma das kleine Fußbänkchen nannte, zu ihren Füßen und schaute bei allem zu, was sie machte.

Ich fand alles spannend, doch am liebsten mochte ich, wenn sie Schafwolle spann. Dabei konnte ich stundenlang zusehen. Auf dem Boden lag stets ein großer Haufen weißlich-grauer Wolle, die seltsam roch. Das Spinnrädchen surrte eine ganz eigene Melodie, wenn Oma mit ihren Füßen das Pedal bewegte und es dabei gleichmäßig klackte. Sie zupfte mit der linken Hand Wolle von ihrem Schoß und hielt diese mit der rechten Hand in Richtung Öse. Das Drehen des Spinnrades machte sofort Fäden daraus, die sich um eine Spule wickelten. Die Oma bestimmte, ob es dicke oder dünne Fäden wurden, indem sie die Wolle mehr oder weniger straff hielt. Dann wurde das Garn gewaschen und auf dem Wäscheboden getrocknet, gefärbt und später zu Knäuel aufgewickelt. Davon strickte und häkelte die Oma Socken für ihre Kinder und viele andere nützliche Sachen, auch für mich und meine Puppe.

Ich durfte sehr bald helfen, die Wolle aufzuwickeln und lernte rasch zu stricken und zu häkeln. Das Spinnen war schwieriger, man musste nicht nur die Füße auf dem Pedal und die Hände an der Wolle geschickt koordinieren, sondern vor allem auf die Menge der Wolle achten, die man dem Spinnrad mit der rechten Hand zuführte. Es durften weder Knoten noch dünne Stellen im Faden entstehen.

„Pass doch auf, Mädchen!", mahnte die Oma. Sie duldete es nicht, wenn das Garn nicht gleichmäßig gesponnen war oder sogar riss. Dann musste sie mühevoll meine Fehler ausbügeln.

Die Oma hatte noch eine Besonderheit: sie zitterte. Sie zitterte so stark, dass ihre Hände hin und her flogen und sogar der Kopf beständig wackelte. Wenn sie besonders stark zitterte, konnten wir kein Halma zusammen spielen, weil sie immer die Figuren umwarf. Dann setzten wir uns an den Tisch und Oma zeigte mir ihre vielen Fotos und erzählte Geschichten dazu. Ich liebte das sehr. Oft durfte ich den schweren alten Atlas aus der Kommode holen. Oma zeigte mir dann die Orte, in denen sie bereits gewesen war, wo ihre erwachsenen Kinder wohnten und vor allem die Orte, die sie aus ihrer Heimat Pommern kannte. Aus Pommern stammte auch ihre ganz eigene Sprache, die hieß Platt. Ich mochte diese seltsame Sprache sehr und freute mich, dass meine Mutter sie nicht verstand.

An meiner Oma war alles grau: ihre Kleider und Röcke, die Schürze, die sie darüber trug, ihre Pantoffel und ihre guten Schuhe. Damit sah sie keineswegs unscheinbar aus, sondern ausgesprochen würdevoll, zumal sie ihren Kopf immer hoch erhoben trug wie eine feine Dame. Am auffälligsten war ihr silbergraues Haar. Sie hatte sehr langes, dünnes Haar, das sie zu einem Zopf flocht, zu einer Schnecke aufdrehte, mit Haarnadeln feststeckte und darüber ein graues Haarnetz stülpte. Manchmal durfte ich ihr Haar kämmen. Es hing ihr in feinen Wellen bis über die Hüften und war fast durchsichtig. Für mich war meine Oma wunderschön.

Ich verbrachte fast meine gesamte Freizeit bei ihr. Sie konnte spannend erzählen von ihrer Zeit als Bäuerin auf einem Hof in Pommern, von ihren dreizehn Kindern, von denen kein einziges ein Kind der Liebe war. Mit ihrem Mann wurde sie von den Eltern zusammen gegeben, damit sich der Besitz an Land und Vieh vermehrte. Kurz vor Kriegsende wurden sie von ihrem Hof vertrieben und zwei Jahre später aus ihrem Heimatland.

Oma saß in ihrem Sessel, als ich zu ihr kam und schaute erfreut auf.

„Endlich, Mädchen."

Ich umarmte und küsste sie. Normalerweise mochte sie keine körperliche Nähe, auch nicht mit ihren Kindern. Doch ich kroch ihr schon als Kleinkind einfach auf den Schoß und klammerte mich an ihrer Schürze fest.

„Wie geht es dir?", wollte ich wissen. Oma kam mir irgendwie geschrumpft vor, viel kleiner und dünner. Dabei hatte ich sie erst im letzten Monat besucht.

„Ach, Mädchen, es geht zu Ende mit mir. Ich

will dir zeigen, wer meine Sachen bekommt, wenn ich nicht mehr bin."

Erschrocken schaute ich sie an.

„Öffne die Schranktür, die linke!", befahl sie mit fester Stimme.

Ich sah akkurat eingeräumte Fächer, von oben bis unten voller Wäsche, alles säuberlich in durchsichtigen Plastiktüten verstaut und auf Kante übereinander gestapelt. Das sah hübsch ordentlich aus und passte zu meiner Oma. Nur die vielen Farben, die mir entgegen leuchteten, passten ganz und gar nicht zu ihr.

„Ganz oben sind die Handtücher, die soll Brigitte haben. Darunter die Wäsche ist für Johanna und das Bettzeug für Eleonore. Die Schürzen sind für Monika. Du achtest mir darauf, dass nichts durcheinander gerät!"

„Selbstverständlich", antwortete ich, denn die Oma duldete keinen Widerspruch. Allerdings war mir nicht klar, wie ich das anstellen sollte.

„Und jetzt öffne die rechte Schranktür! Dort hängt mein dunkler Rock."

Ich traute meinen Augen nicht, denn auf Bügeln hingen sicher mehr als zwanzig Blusen, säuberlich nach Farben sortiert: blaue, grüne, gemusterte, einfarbige, sogar rote. Daneben sah ich ihre gewohnten dunkelgrauen Röcke und Kleider und ganz am Rand ihr graues Kleid mit dem schwarzen Blümchendruck. Ich zog es ein wenig hervor.

„Das ist der richtige. Den trage ich zur Beerdigung."

Ich nickte nur und wagte nicht zu fragen, ob sie tatsächlich ihre eigene Beerdigung meinte.

„Du sorgst dafür, dass keiner etwas Rotes trägt! Und ich wünsche nicht, dass Hans an meinem Grab steht."

Hans war der Mann ihrer Lieblingstochter Monika, den Oma nicht ausstehen konnte. Dafür gab es zwei Gründe: er war Bauer und somit schuld daran, dass Monika nun ebenso hart auf einem Hof arbeiten musste wie damals ihre Mutter und er schaute immer so von unten. Das mochte die Oma nicht, weil sie das an ihren verstorbenen Mann erinnerte.

„Du hast so viele bunte Blusen und Pullover!", rief ich aus. „Warum ziehst du die niemals an?"

„Das ziemt sich nicht für eine alte Witwe", erklärte Oma streng.

„Aber Oma, dein Mann ist schon so lange tot."

„Vierzig Jahre werden es in diesem Jahr."

Verwundert schüttelte ich den Kopf. „Ich verstehe das nicht. Du hast ihn nie geliebt."

„Das tut nichts zur Sache. Er war mein Mann und ich bin seine Witwe und weiß, was sich gehört."

Omas Kopf wackelte und ihre Hände flogen hin und her. Ich kauerte mich neben sie auf den

Teppich und legte meinen Kopf auf ihre Knie. Sie streichelte meine Haare.

„Schon gut, Mädchen. Du hast so schönes dichtes Haar. Du darfst dir meine Haarspangen nehmen, den Atlas und die Fotos. Und du sollst die blaue Bluse mit den lila Blümchen haben, die anderen gibst du Rita."

Ich nickte. Doch plötzlich war mir zum Weinen zumute und ich musste schlucken.

„Nana, Mädchen. Sei nicht albern, wir sterben alle. Meine Zeit ist gekommen, deine noch nicht." Damit schob sie mich beiseite.

Johanna, Omas älteste Tochter, kam zur Tür herein. Sie reichte mir zur Begrüßung die Hand. Im gleichen Moment befahl Oma: „Es muss nachgelegt werden. Hugo hat die Scheite neben die Tür gestellt."

Johanna bückte sich, öffnete die Ofentür, stocherte mit dem Feuerhaken in die Glut und legte Holz und Briketts nach.

„Mutter ist schwierig geworden. Ich darf sie nicht waschen, das muss Kurts Frau erledigen", murmelte Johanna verärgert.

„Was redest du da, du dummes Ding. Es gehört sich nicht, dass die Kinder ihre Mutter nackt sehen", befand Oma.

Es gehörte sich auch nicht, der Mutter zu widersprechen. Die Kinder nannten ihre Mutter insgeheim General und wagten niemals ein Widerwort.

Meine Oma starb drei Tage nach meinem Besuch. Ich war sofort bei ihr und durfte mit die Totenwache halten. So konnte ich dem Bestatter Omas dunkelgraues Kleid mit den schwarzen Blümchen mitgeben.

Danach räumte ich den Schrank aus, stellte verschiedene Stapel mit Omas bunter Wäsche zusammen und legte jeweils obenauf einen Zettel mit dem Namen des Empfängers. Genau so, wie Oma es bestimmt hatte. Dann zog ich die blaue Bluse mit den lila Blümchen an, klemmte mir die Kiste mit den Fotos und den Atlas unter die Arme und kletterte die Stiege zum Spitzboden hinauf. Dort setzte ich mich auf die kleine Hitsche neben Omas Spinnrad und suchte die alte Geborgenheit. Doch ich fühlte nur eine unbeschreibliche Leere in mir und konnte endlich weinen.

Schwarz – ist die Farbe der Dunkelheit. Sie drückt Trauer, das Furchterregende und Geheimnisumwitterte aus.
Schwarz wirkt bedrohlich, erzeugt negative Gefühle, kann schwermütig machen und einengen - hat aber auch einen feierlichen Charakter.

Sie geht voran und viele gehen mit.
Die Tränen laufen über ihre Wangen.
Es wird kein Wort gesprochen. Schritt für Schritt
folgt man dem Weg, dem langen.

Nun fällt Regen auf ihr schwarzes Kleid.
Sie ist allein in diesem Menschenmeer.
Dann ist das Grab erreicht. Noch ist es leer.

Man senkt den Sarg hinab. Es stockt die Zeit.
Sie wirft die Erde in das Loch und dreht
sich um und geht und geht und geht …

(Gisela Schäfer)

Trauer

Ich habe Angst vor der Nacht. Schon immer. Sie ist so schwarz und damit unheimlich. Ich sehe dunkle Gestalten in all diesem Schwarz herumhuschen. Deshalb lösche ich in der Nacht niemals das Licht.

Als Kind habe ich so lange gelesen bis es hell wurde. Dann hatte ich keine Angst mehr vor meinen Träumen, aus denen ich meist schreiend erwachte.

Heute kann ich nicht mehr so lange lesen. Meine Augen machen das nicht mehr mit, sie fangen an zu brennen, die Buchstaben verschwimmen und meine Gedanken gehen eigene Wege. Ich würde lieber schlafen. Doch jetzt finde ich keinen Schlaf mehr.

Mein Mann sagt, ich grüble zu viel. Vor allem grüble ich über Dinge, die ich nicht ändern kann. Doch ich kann meine Gedanken nicht steuern, sie prasseln von allein auf mich ein und lassen mich nicht zur Ruhe kommen. Und wenn ich doch einschlafe, träume ich immer den gleichen Traum. Ich versuche, meine Tochter zu retten. Sie ist ständig in irgendeiner Gefahr, doch ich kann ihr nicht helfen.

Ihr ist nicht mehr zu helfen. Sie ist gestorben.

Seit fast zehn Jahren lebt sie nur noch in meinen Träumen, in Träumen, die mich ängstigen.

Damals, nach dem Tod meiner Tochter, versank ich in einer Art Nebel. Er umhüllte mich so dicht, dass ich nichts mehr sehen und nichts mehr hören musste. Erst nach einem Jahr lichtete sich dieser Nebel. Nun ertrug ich diese vielen Geräusche nicht mehr. Musik brachte mich zum Weinen und Gespräche in Verwirrung. Ich hörte die Worte, verstand aber deren Bedeutung nicht. Worüber reden nur all diese Leute, ohne irgend etwas zu sagen? Es ist sowieso bedeutungslos. Ich will über nichts anderes reden als über meine Tochter. Nur so bleibt sie bei mir. Doch keiner mag mir zuhören. Also rede ich nicht mehr.

Das Leben geht weiter. Ich weiß, dass mein Kind nur gestorben ist. Doch ich weiß nicht, wie man es macht, ohne meine Tochter weiter-zuleben. Wozu aufstehen? Wozu etwas essen? Wozu reden? Es gibt keine Worte mehr, die gesagt werden wollen. Ich habe keine Sprache mehr und weiß nicht, wie man atmet, wie man kaut, wie man lächelt, wie man sich normal benimmt, wenn nichts passiert ist.

Mein Mann mag nicht, dass ich den ganzen Tag über grüble, statt die Dinge und die Leute einfach so zu nehmen wie sie nun mal sind. Er sagt, das läge an meinen vielen Büchern, die ich seit dem Tod meiner Tochter lese. In denen geht es nur um die Gefühle der Menschen. Wer sich mehr mit Gefühlen als mit Dingen beschäftigt, der braucht sich nicht zu wundern, wenn er Kopfschmerzen bekommt. Ich habe ständig Kopfschmerzen. Es ist wie ein starker Druck, der von außen meinen Schädel zusammenpresst. Dieser Druck drückt Nadeln in mein Hirn, die mich von innen stechen. Ich kann das nicht mehr aushalten. Ich will das nicht mehr aushalten.

Heute sind die Stiche im Kopf besonders schlimm. Das rechte Ohr hackt bis ins Hirn, das rechte Auge schmerzt so stark, dass ich kaum damit sehen kann. Ich liege im Bett und tue so, als ob ich schlafe. Mein Mann hat die Vorhänge zurück gezogen, das Licht blendet. Ich ziehe mir die Decke über den Kopf. Da plumpst etwas Schweres auf mich. Es zappelt. Sofort setze ich mich auf und ziehe die Knie bis hoch zum Kinn. Auf meinem Bett sitzt ein Hund.
„Was soll das?", schreie ich. „Ich hasse Tiere! Ich dulde keine Tiere in meinem Haus. Bring es weg! Sofort!"
Mein Mann verlässt wortlos die Schlafstube. Der Hund sitzt immer noch oben auf meiner

Bettdecke und schaut mich an.

„Verschwinde!"

Der Hund rührt sich nicht. Ich hebe die Decke an und schüttle sie leicht. Der Hund stemmt die Pfoten fester in die Decke. Nun reicht es mir. Ich richte mich auf und reiße die Decke mit einem Ruck nach oben. Das Tier plumpst auf den Teppich und bleibt regungslos liegen. Hoffentlich ist es nicht verletzt. Ich werde aufstehen und es einfach raus in den Hof bringen. Schnell werfe ich meine Jacke über das Nachthemd und öffne die Tür nach draußen. Der Hund rennt auf den Rasen. Er pinkelt und ich schaue ihm dabei zu. So eine Sauerei. Dann schließe ich die Tür. Soll er doch irgendwohin laufen, das ist nicht mein Problem.

Ich will gleich wieder ins Bett. Doch zuerst schlurfe ich in die Küche. Dort steht eine Thermoskanne voller Kaffee, eine Tasse und zwei Scheiben Brot auf einem Brettchen. Dabei weiß mein Mann, dass ich nichts esse. Schon gar nicht zum Frühstück. Daneben liegt ein Zettel: *Meine Liebe, der Hund wird Dich aufmuntern, er hat übrigens noch keinen Namen. Dicker Kuss von Deinem Achim.*

Ich schaue aus dem Fenster. Der Hund ist weg. Endlich. Sicherheitshalber öffne ich die Haustür. Da sitzt der Hund schaut mich verängstigt an.

Ich nenne den Hund Mucha. Mucha ist russisch und bedeutet Fliege. Der Hund ist lästig wie eine Fliege. Ständig springt er um mich herum und lässt mich nicht in meinen Nebel hinein dämmern.

Seitdem verbringe ich die Nachmittage mit Mucha im Wald. Meist sitze ich auf einer Bank am Teich und schaue dem Hund beim Spielen zu. Manchmal laufe ich ein Stück. Und manchmal treffe ich Leute und rede mit ihnen.

Ich kann am Abend wieder essen. Nicht viel, mein Magen scheint geschrumpft zu sein. Ich habe wohl an die zwanzig Kilogramm abgenommen.

Am Ende ist alles gut. Und wenn es nicht gut ist, ist es nicht das Ende.

Das schwarze Ungeheuer

„Komm schnell!" Helmuts Stimme kommt aus der Schlafstube. Er tritt aus der Tür und winkt Gabi zu. Dann hält er ihren Arm fest, zieht sie ins Zimmer und weist mit seiner Hand auf die Wand. Direkt über dem Rand des Kopfendes vom Ehebett sitzt eine fette Spinne. Riesengroß, vielleicht sechs oder sieben Zentimeter und schwarz, mit langen Beinen.

„Puh! Die ist ja gewaltig." Gabi kniet sich aufs Bett und beugt sich näher heran. „Die ist größer als meine letzte und schimmert sogar ein wenig rotbraun."

„Willst du sie behalten?", will Helmut wissen.

Gabi schüttelt ihren Kopf. „Obwohl … Jetzt im Winter geht sie vielleicht ein. Sie hat ja nichts zu fressen, keine Mücken, keine Fliegen."

„Hast du keine Angst, dass sie dir nachts übers Gesicht läuft? Oder ins Ohr kriecht?"

„Warum sollte sie das tun? Ich bin doch kein Insekt." Gabi lacht. „Weißt du noch, als wir im vorletzten Jahr deinen Freund besuchten?"

Helmut nickt. „Ich habe auch gerade an diese seltsame Geschichte gedacht. Irgendwie gruselig." Helmut setzt sich zu Gabi aufs Bett und beide erinnern sich.

Alle saßen nach dem Essen gemütlich auf dem Sofa: Gabi und Helmut, sein Freund Bernd und dessen Frau Britta. Sie tranken Wein und unterhielten sich.

„Seid mal still!", bat plötzlich Bernd. Er schaltete das Deckenlicht aus, stellte den Ton der Musik leiser und drehte den Lampenschirm der Fernsehleuchte zur Lehne der Couch. Dann kratzte er leicht mit seinen Fingernägeln an der Wand. Gabi schüttelte sich, weil ihr dieses Geräusch durch Mark und Bein ging.

„Mach es nicht so spannend!", nörgelte Helmut. Bernd legte den Finger an den Mund. „Psst! Ihr müsst leise sein." Dann klopfte er mit dem Fingerknöchel an die Wand und zwei Mal leicht auf die Sofalehne. Er wies auf eine Stelle an der Wand. Doch es gab nichts zu sehen, nur den dunklen, etwas gespenstischen Schatten seiner Hände, der an die Wand geworfen wurde. Gabi seufzte. Irgendwie schien ihr die Stimmung unheimlich.

„Was soll denn das werden?", wollte Helmut wissen.

„Nur Geduld! Ihr müsst leise sein, sonst kommt sie nicht."

„Wer?"

„Das ist eine Überraschung. Sie wohnt hinter dem Sofa und mag keine Fremden, keine ungewohnten Stimmen und Geräusche. Manchmal kommt sie deshalb gar nicht. Eigentlich nur, wenn wir allein sind." Bernd blinzelte seiner Frau zu. Die lächelte und fragte: „Habt ihr einen Fotoapparat dabei? So was sieht man nicht alle Tage."

Gabi schüttelte den Kopf und rutschte unruhig hin und her. Wer könnte hinter dem Sofa wohnen? Hatten die etwa Ratten? Dann wäre sie die längste Zeit ruhig geblieben, würde schreiend aufs Sofa springen oder gleich davon laufen und ganz sicher nie wieder einen Fuß in dieses Haus setzen. Vorsichtig beugte sie sich zur Seite, ohne die Sofalehne aus den Augen zu lassen.

„Habt ihr da hinten ein Tier?"

„Ja. Wir füttern es mit Wurst und Käse."

„Eine Maus?", entfuhr es Gabi erschrocken.

„Nein, keine Maus. Nun seid doch endlich ruhig! Ihr werdet doch wohl mal zehn Minuten die Klappe halten können."

„Du redest doch selbst", beschwerte sich Helmut.

„Ja, weil sie meine Stimme kennt. Wollt ihr noch Wein?"

Gabi nickte. Dann sah sie zu Manfred, der der Sofalehne demonstrativ den Rücken kehrte. Gerade in dem Moment, in dem sich Gabi neben ihren Mann setzen wollte, weil ihr das seltsame Getue langsam zu albern wurde, genau in diesem Moment erschien auf der hellen Wand ein etwa 30 Zentimeter langes schwarzes Stück Strick, der wie von selbst wackelte. Kurz darauf erschien ein zweites schwarzes Teil, ein drittes. Gabi stieß einen Schrei aus und sprang auf.

„Was ist das?"

Doch die drei schwarzen Pendelfäden waren verschwunden und Helmut konnte nichts mehr sehen, als er sich umdrehte.

„Was war denn?"

„Etwas schwarzes, das gezappelt hat."

„Du spinnst!"

„Doch, ich habe es genau gesehen. Es hat sich bewegt."

„Ein Tier?"

„Nein, kein Tier. Oder doch?" Gabi kam sich albern vor. Helmut wirkte verärgert. Sein Freund meinte: „Ich habe euch doch gesagt, dass ihr leise sein müsst. Jetzt wird sie wohl nicht mehr heraus kommen."

Gabi setzte sich in den Sessel. So konnte sie mit einem Auge unauffällig die Wand hinter der Lehne beobachten. Ihr einfach den Rücken zuzukehren, wagte sie nicht. Sie brauchte eine Weile, um sich zu beruhigen, ehe sie sich an der Unterhaltung beteiligen konnte. Schließlich hatten sie noch einen lustigen Abend.

„Ich bin müde." Gabi stand auf und fiel im gleichen Moment wieder zurück auf den Sessel. Sie hielt vor Schreck ihre Hände vor den Mund gepresst und stierte mit weit aufgerissenen Augen auf die Wand. Helmut folgte ihrem Blick und sah nun ebenfalls die drei wackelnden schwarzen Stricke, dann kam ein langgezogener, dicker schwarzer Knoten dazu und wieder drei Stricke. Eine riesige Spinne! Ein Monster! Die Lampe warf das Tier um ein vielfaches vergrößert an die helle Wand, so dass die ohnehin große Spinne von fast zehn Zentimeter wie ein riesiges schwarzes Ungeheuer wirkte. Helmut zuckte zurück und bückte sich blitzschnell nach seinem Schuh. Doch noch bevor er zuschlagen konnte, war die Spinne wieder hinter der Sofalehne verschwunden. Erst da hörte er Bernd „Nicht! Nicht!" schreien.

Britta war aufgestanden. „Wir haben unsere Spinne schon gut drei Jahre. Ich weiß gar nicht, wie alt sie eigentlich ist."

„Das ist keine Spinne, das ist ein Monster", korrigierte Helmut. „So was lässt man nicht einfach frei herumkrabbeln. So was gehört in ein Terrarium!"

„Ist das eine Vogelspinne? Die sind doch gefährlich", wollte Gabi wissen.

„Nein. Unsere Spinne ist eine ganz

gewöhnliche Hausspinne. Ich glaube, sie werden bis zu sechs Jahre alt."

Erst auf dem Heimweg hatten sich Gabi und Helmut von ihrem Schreck erholt.

„Wir lassen die Spinne in Ruhe", beschließt Gabi. „Sie hat uns genau wie Brittas Ungeheuer den ganzen Sommer über Mücken und Fliegen vom Hals gehalten. Dafür sollten wir ihr danken."

„Gut", stimmt Helmut zu. „Doch füttern wirst du sie nicht! Und wenn ich sie ein einziges Mal im Bett erwische, werfe ich sie in hohen Bogen in den Garten."

Bunt umfasst alle Farben außer Weiß, Grau und Schwarz.

Rot, Grün und Blau sind die drei Grundfarben, aus denen man sämtliche Farbnuancen mischen kann.

Rot ist eine warme Farbe, erinnert an das Feuer und die Hitze, während Blau das kalte Wasser assoziiert. Bunt ist der Regenbogen.

Auch in unseren Gefühlen bekennen wir Farbe: Wir ärgern uns schwarz, werden grün vor Neid oder rot, wenn uns etwas peinlich ist. Rot wie die Liebe, grün wie die Hoffnung, gelb wie die Sonne.

Rund und gesund
wie ein bunter Hund.
Na und?

(Petra Weise)

Mein Heimatdorf

Mai 1997. In meinem Briefkasten liegt eine Karte von Elke. Ich kenne keine Elke. Es ist eine Einladung zum Schulfest in mein Heimatdorf in Sachsen. Heimat. Ist es noch Heimat, wenn man seit fast vierzig Jahren nicht mehr dort war?

Meinen Schulabschluss erhielt ich im Frühjahr 1970. Gleich nach den Sommerferien begann meine Ausbildung zum Lehrer für Unterstufe. Ich lebte während dieser Zeit im Wohnheim. Kurz vor Abschluss verunglückten meine Eltern tödlich und ich kehrte danach nie wieder in mein Heimatdorf zurück.

Mir wurde in Thüringen eine Arbeitsstelle in einer Schule zugewiesen und eine kleine Wohnung. Das war ein ganz außergewöhnlicher Glücksstreffer, denn auf eine Wohnung musste man damals viele Jahre warten.

Nach der Wende folgte ich meinem Mann nach Gießen, einer hübschen Kleinstadt in Hessen. Dort hatte er eine interessante Arbeit gefunden, auch ich konnte bald wieder unterrichten.

Und nun halte ich diese Karte in der Hand. Sie ist auf graubraunem Papier gedruckt, das wie

Abfall auf mich wirkt.

40 Jahre Schulleben (1957 bis 1997) – Wir laden alle ehemaligen Schüler herzlich zur großen Feier am 14. Juni in die Schulaula ein.

Darunter mit Hand *Elke*, den Nachnamen kann ich nicht entziffern, und eine Telefonnummer. Woher um alles in der Welt hat diese Elke meine Adresse? Ich habe keine Verwandten mehr in diesem Kaff und auch keinen Kontakt zu ehemaligen Freunden. In der achten Klasse kamen neue Schüler zu uns, eine davon muss wohl Elke sein.

Mein Mann Klaus-Dieter reagiert begeistert.

„Du musst unbedingt hinfahren, Steffi!"

„Muss ich das?"

„Aber ja! Wenn du willst, begleite ich dich. Sehr gern sogar. Ich weiß gar nichts aus deiner Zeit in deiner altern Heimat."

„Darüber gibt es nichts zu erzählen."

Am Ende fahren wir doch gemeinsam die fast 500 Kilometer in mein Heimatdorf im Erzgebirge. Klaus-Dieter hat in der Kreisstadt ein Hotelzimmer gebucht. Die Stadt selbst ist wunderhübsch und mein Mann entsprechend angetan von der gut erhaltenen Stadtmauer, dem prunkvollen Rathaus mit dem hohen steilen Dach, den engen Gassen und dem Stadtpark mit den alten Buchen. Auch mir gefällt die Stadt und ich bin in bester Stimmung, als wir die fünf Kilometer bis zu meinem Heimatdorf fahren.

Schon von weitem fällt die *Hohe Esse* auf.

„Die war die höchste der Welt", erkläre ich stolz.

„Aber wozu braucht man solch einen hohen Schornstein?", will mein Mann wissen.

„Damit die Rauchgase der Schmelzhütten abziehen können", entgegne ich. Klaus-Dieter schaut mich etwas ratlos an.

„Den Ort gibt es seit dem zwölften Jahrhundert. Hier wurden Erze gefördert und verhüttet. Nahezu alle der 3.000 Einwohner arbeiteten damals in der Grube und der Hütte."

„War das nicht gefährlich?"

Ich nicke. „Vor allem hochgiftig – Blei, Schwefel, Kadmium. Die Leute starben früh, manche schon als Kind."

Zuerst fahren wir zur Schule, die neben einem Wohngebiet für die Arbeiter der Grube errichtet wurde.

„So eine tolle Schule hatten wir nicht!", ruft mein Mann begeistert aus.

Es stimmt, unsere Schule ist großzügig angelegt mit einem prächtigen Treppenhaus, breiten Gängen, großen hellen Klassenräumen, einem Physik- und Chemie-Saal, Musikzimmer, Werkraum, einer riesigen Aula und einem

Anbau mit großer Sporthalle und angrenzendem Sportplatz.

„Unser Ort war mit seinem Hüttenkombinat eine bedeutende Industriegemeinde mit vielen Beschäftigten. Außerdem hat sich so weit ich weiß die Wismut an den Kosten beteiligt."

„Wismut?"

„Ein russischer Bergbaubetrieb. Die Russen haben sich nach dem Krieg für den Uranabbau in Sachsen interessiert."

Mehr will ich dazu nicht erklären und Klaus-Dieter fragt zum Glück nicht nach.

Wir bummeln durch den Ort, auch an unserem alten Wohnhaus vorbei. Wir wohnten damals in der extra für das Kombinat und den Bergbau errichteten neuen Siedlung. Die Räume und Wohnungen waren klein und hatten nur in der Stube einen kleinen Ofen und in der Küche einen Herd. Ein Badezimmer gab es damals auch nicht, doch immerhin ein Wasserklosett.

Klaus-Dieter schaut hinunter ins Tal. Sein Blick streift den Fluss, der um den gesamten Ort eine große Schleife beschreibt, und die Wälder und Felder, die sich auf der anderen Flussseite die Hügel hinauf ziehen.

„Schön ist es hier", stellt er fest.

Ich nicke und zeige auf einen der vielen kleineren Hügel, die man überall in der

Landschaft sieht. „In diesen Huckeln spielten wir Kinder gern. Komm! Wir gehen mal hin."

Wir laufen zu einem der Hügel in der Nähe.

„Aber hier sind doch nur Steine!", ruft er erstaunt aus.

„Das sind Abraumhalden. Also das Gestein, das die Bergleute ganz früher aus den Stolln holten. Hier wächst nichts, doch am Rand sind Birken und Sträucher. Für uns Kinder waren es die schönsten Verstecke."

Klaus-Dieter bleibt stehen und zeigt sprachlos auf eine hohe schwarze Mauer, die sich soweit das Auge reicht, an der Straße entlang zieht.

„Das sind Schlacke-Steine, die nach der Verhüttung übrig bleiben. Rund um unseren gesamten Ort gibt es unzählige solcher schwarzen Halden."

„Das sieht grauenhaft aus!", empört sich mein Mann. „Kann man diese scheußlich schwarzen Schutthaufen nicht begrünen?"

Ich schüttle den Kopf. „Nein, auf denen wächst kein Grashalm."

Darauf weiß er nichts zu antworten und nimmt mich wortlos in den Arm. Mir ist zum Heulen zumute. Ich hatte ganz vergessen, wie finster und trist mein Heimatort ist mit all der schwarzen Schlacke ringsum.

Vielleicht ist das der Grund, weshalb ich die Farbe Schwarz nicht ertrage.

Der bunte Schornstein

„Ein bunter Schornstein!", kreischt mein Enkel Tobias. „Wie cool!"
Er hält sein Handy hoch und will sofort ein Foto machen.
„Warte! Hier aus dem Auto wird das nichts. Wir sind gleich in Chemnitz, von meinem Balkon aus kannst du ihn viel besser sehen und Bilder machen."
„Manno, ist der hoch!", staunt er.
„302 Meter und damit das allerhöchste Bauwerk in ganz Sachsen."
Anerkennend nickt Tobias. Er mag Superlative wie das schnellste Tier, der höchste Berg, der tiefste See.
„Der spuckt aber ganz viel Rauch."
„Das stimmt. Er ist die Esse des Heizkraftwerkes, das vielen tausend Wohnungen Strom und Wärme bringt."
„Und womit heizen die?"
„Mit Braunkohle. Genau wie früher, als in unseren Stuben noch Öfen standen."
„Wie altmodisch!", empört sich Tobias.
Doch ich erzähle, dass es ganz oben auf dem Turm eine Richtfunkantenne gibt, mit denen die Firmen eine superschnelle Internetverbindung

haben können. Bedingung ist, dass sie von ihrem Gelände aus den Schornstein sehen, sonst funktioniert es nicht. Das beeindruckt Tobias, damit kennt er sich aus. Seine vielen Fragen nach der Übertragungsgeschwindigkeit kann ich allerdings nicht beantworten.

„Warum ist der so bunt?", will Tobias wissen.

„Damit man ihn besser sehen kann. Außerdem sieht er so viel hübscher aus als nur grauer Beton."

Ich mag unseren bunten Schornstein, der weithin sichtbar ist. Die Idee dazu hatte der französische Maler Daniel Buren, der respektvoll *Nobelpreisträger der Kunst* genannt wird. Die Chemnitzer wünschten sich eine himmelblaue Esse, weil dies die Farbe ihres Fußballverein ist. Das ging natürlich nicht, denn ein himmelblauer Schornstein würde vor einem blauen Himmel nicht auffallen und möglicherweise von Flugzeugen übersehen.

Burens Markenzeichen sind farbige Streifen, die alle exakt 8,7 Zentimeter breit und auf unterschiedlichsten Formen und Materialien aufgebracht sind. Bei diesem Schornstein ist der Untergrund Stahlbeton und die Farbstreifen mussten viel breiter sein, ungefähr vierzig Meter für jede der sieben vom Meister ausgewählten Farben. Der berühmte Maler ordnete diese wie üblich nach dem Landesalphabet und begann unten am Boden mit dem Buchstaben A wie Aquamarin. Damit die nächste Farbe Rot sein durfte, nannte er sie Erdbeerrot, danach Gelbgrün, dann endlich Himmelblau, Melonengelb, Signalviolett und zum Schluss Verkehrsgelb.

Dieses leuchtende Gelb wurde zuerst aufgebracht und zwar ganz oben, es hob sich sofort hell und freundlich vom Grau des restlichen Schornsteins und des Himmels ab. Danach kam das auffallend dunkle Violett, dann wieder Gelb und schließlich die Lieblingsfarbe der Chemnitzer: Himmelblau.

Zum Schluss montierte man rund um den Schornstein eine 450 Meter lange Kette aus 1.200 bunten LED-Leuchten, damit man ihn auch in der Nacht weithin sehen kann.

Drei Jahre hat das Ausbessern der alten bröckeligen Betonhülle, das Aufbringen der Farben und das Befestigen der LED-Kette gedauert und kostete mehr als drei Millionen Euro. Danach wurden die Gerüste entfernt und der frisch gestrichene bunte Schornstein feierlich eingeweiht.

Doch die modernen Leuchten leuchteten nicht! Sie waren überhaupt nicht für den Außenbereich geeignet, denn Regen tropfte in die

Leuchten, nachdem die Kette zum Teil knickte oder gar riss.

„Und wann wird das repariert?", hakt Tobias nach.
„Das weiß ich nicht. Doch mir gefällt der Schornstein auch ohne die bunt blinkenden Lichter. Er leuchtet wunderhübsch in der Sonne oder blinzelt mir unter finsteren Gewitterwolken fröhlich gelb und himmelblau zu."

Bunter Herbst

Bunt sind schon die Wälder,
gelb die Stoppelfelder
und der Herbst beginnt.   (Johann Gaudenz)

Der Herbst ist meine liebste Jahreszeit, weil er
so bunt ist. Der Winter ist weiß, der Frühling
grün, der Sommer gelb und der Herbst
wunderbar bunt. Ich mag es, wenn sich die
Blätter an den Bäumen gelb und rot färben und
in allen Farben wunderschön in der Sonne
leuchten. Ich mag es auch, wenn sie auf den
Boden herunter fallen und das Laub unter
meinen Füßen raschelt. Daran hatte ich schon
als Kind meine Freude.
Und ich freute mich, wenn endlich die rotbunten
Apfelsorten im Garten geerntet werden durften.
Mein Vater ermahnte mich, die Äpfel so lange
wie irgend möglich am Baum zu lassen, weil
das den Geschmack verbessert. Nach der
Ernte legte er die Äpfel in ein Regal im Keller
und ich durfte mir jeden Tag einen Apfel herauf
holen und ganz allein aufessen. Meine
Geschwister dagegen bevorzugten Apfel-
kompott, das meine Mutter gern kochte.
Von der Schule aus mussten wir im Herbst bei

der Kartoffelernte helfen. Es gefiel mir überhaupt nicht, bereits in den frühen Morgenstunden mit den LPG-Bauern hinaus aufs Feld zu fahren und den ganzen Tag über gebückt über den Acker zu kriechen, um die Kartoffeln aufzulesen. Als Belohnung gab es ein warmes Mittagessen und einige Mark Taschengeld. Ich hätte gern auf das Geld verzichtet und wäre viel lieber in die Schule gegangen.

Heute bin ich Rentner und befinde mich sozusagen im Herbst meines Lebens. Mir gefällt dieser Gedanke, denn mit dem Herbst verbinde ich die Ernte und den Genuss. Ich ernte nun die Früchte meines Lebens und kann meine Zeit frei einteilen und vollkommen genießen.

Der Herbst beginnt zur Tag-und-Nacht-Gleiche am 22. oder 23. September und für meinen Mann und mich mit dem Besuch des Oktoberfestes in München. Dieses wunderbare Volksfest begeistert uns in jedem Jahr aufs neue, wenn vollkommen fremde Menschen ausgelassen miteinander feiern. Bei einer Maß Bier und einem Ochsenbraten genießen wir die Volksmusik der Blaskapelle und die fröhliche Stimmung um uns. Von München aus fahren wir in die Alpen, um hinauf in die Berge zu wandern, den goldenen Oktober und die spektakuläre Fernsicht zu bewundern. Der Almabtrieb ist zwar bereits vorüber und damit die meisten Almen geschlossen. Doch wir finden immer einen urigen Gasthof, wo wir Speckbrot und dazu ein Bier genießen.

Den November mag ich nicht so gern, denn oft ist er trüb und meist sogar stürmisch. Das bunte Laub verwandelt sich in eine rutschige braune Masse. Dann bleibe ich lieber im Haus. Die Tage werden merklich kürzer und manchmal gar nicht richtig hell.
Ich brauche Farben, um mich wohl zu fühlen. Wenn draußen in der Natur die bunten Farben verschwinden, bringe ich Farbe auf den Tisch und koche Suppen aus einem gelben Kürbis oder roten Beten, aus grünen Bohnen oder Tomaten. Am liebsten mögen wir die violette Suppe aus Holunderbeeren.
Und ich krame meine Stifte, Pinsel und Malfarben hervor, um fantasievolle bunte Bilder zu malen: einen leuchtend bunten Paradies-vogel zum Beispiel.

Der Advent ist für mich der Höhepunkt des Herbstes. Mein Mann holt alle unsere bunten Räuchermännchen aus der Kammer und ich stelle sie in der Stube auf. Es sind mehr als dreißig Männlein aus Holz, alle wunderhübsch bunt bemalt. Es gibt einen Gärtner mit einem Blumenstrauß, einen Spielzeugmacher, einen Koch, einen Lehrer, einen Bierbrauer und vieles mehr, vor allem Bergleute in ihren besonderen Uniformen. Wir stellen die große Pyramide mit der Bergparade mitten auf den Esstisch und die kleine mit den geschnitzten und bunt bemalten Kindern auf den Couchtisch. Dann schmücke ich die Tannensträuße mit bunten Kugeln und Schnitzwerk. Der Advent ist ein wahres Lichterfest, das mich jeden Tag aufs neue ab 16 Uhr glücklich umher schauen lässt, wenn die Schwibbögen in den Fenstern leuchten und die Kerzen in der Stube warm flackern. Nach dem Abendessen laufe ich gern eine Runde durch unser Wohnviertel und bewundere den Adventsschmuck in den Fenstern der Nachbarn.

Den Höhepunkt bildet das Weihnachtsfest, wenn der kürzeste Tag und die längste Nacht den Winterbeginn anzeigen, alle Kerzen am Weihnachtsbaum brennen und bei jedem die Freude groß ist, weil nun endlich die Tage wieder länger werden. Meist fällt kurz darauf der erste Schnee, der alles noch heller und freundlicher wirken lässt. Den Winter liebe ich auch, doch der bunte Herbst ist für mich die schönste Jahreszeit.

Bronze ist ein metallisch wirkender Braunton, goldbraun mit leichtem Rotstich. Bronze ist das Symbol für Jesus: Stärke, Reinigung, Hingabe, Buße und Demut.

Die bronzene Hochzeit wird im 8. und 22. Jahr gefeiert. Das hängt wohl damit zusammen, dass Bronze ein recht weiches und trotzdem sehr haltbares Metall ist – die Ehe also noch formbar und gleichzeitig haltbar ist.

Die Glocke aus Bronze

Als Kind verbrachte ich meine gesamte Freizeit draußen im Wald. Wir wohnten in einem kleinen Dorf mit nicht viel mehr als zwanzig Häusern, einem kleinen Laden und einer Arztpraxis, die zweimal in der Woche besetzt war. Um das Dorf herum gab es Gärten, Felder, Wiesen und einen Wald, der bis hinunter an den Fluss reichte. Ich lief gern zum Fluss und spielte an seinem Ufer, obwohl das Wasser gelblich braun schimmerte und übel roch. Das kam von der nahen Papierfabrik, die ihre Abwässer hinein leitete. Mir machte der Gestank nichts aus, denn ich wusste, wie wichtig Papier ist. Nicht nur meine Schulhefte waren aus Papier, sondern vor allem meine geliebten Bücher. Nichts liebte ich so sehr wie Bücher. Eines trug ich stets bei mir und las, wo immer es möglich war. Im Wald hatte ich eine geheime Stelle zwischen hohem Farn, wo ich beim Lesen oft stundenlang die Welt um mich herum vergaß. Dort hörte ich die Kirchenglocke schlagen und wusste, wenn es Zeit war, zum Abendessen nach Hause zu laufen.

Die Glocke rief nicht nur die Stunden aus, sondern ertönte auch kurz vor den Gottesdiensten am Sonntag oder wenn es brannte und die freiwillige Feuerwehr gerufen werden musste. Außerdem hatte die Glocke viele Namen. Mittags hieß sie die Fressglocke, weil sie die Bauern und ihre Arbeiter zum Essen rief. Am Abend nannte man sie Lumpenglocke, wenn sie zur Sperrstunde erklang. Und zu Beerdigungen läutete die Sterbeglocke.

„Du kommst zu spät!", tadelte mich meine Mutter.

„Die Glocke hat nicht geschlagen", verteidigte ich mich.

Meine Mutter schaute finster. „Das ist eine sehr dumme Ausrede, denn die Glocke schlägt immer."

Sie hatte den Tisch bereits abgeräumt. Ich würde also nichts mehr zu essen bekommen und musste hungrig ins Bett gehen. Aus Rache putzte ich meine Zähne nicht, denn es konnten schließlich keine Speisereste darin sein. Und ich nahm mir vor, trotz Verbots bis in den frühen Morgen zu lesen. Ich hatte mir eine Taschenlampe besorgt, mit der ich unter der Bettdecke die Buchstaben gut erkennen konnte, ohne dass die Mutter es merkte.

„Was hast du da?", wollte die Mutter wissen.
Schnell schob ich die Taschenlampe weit unter die Decke und reichte ihr stattdessen einen Stein.
„Was ist das?" Sie drehte den goldbraunen Stein mit den fast roten Adern hin und her.
„Bronze glaube ich", gab ich zur Antwort.
Mein Vater setzte sich zu mir aufs Bett und erklärte, dass es Korallenachat wäre, den man in unserer Gegend hin und wieder findet und fast die gleiche Farbe hat wie Bronze. Ich mochte Steine und schleppte gern hübsch bunt gefärbte mit nach Hause.
Die Mutter kauerte sich ans Kopfende, nahm mich in den Arm und wiegte mich hin und her. Dann strich sie mir die Haare aus dem Gesicht und bat: „Entschuldige, bitte, dass ich dir vorhin

nicht geglaubt habe."

Ich zuckte mit der Schulter, denn mir war überhaupt nicht klar, wovon sie sprach.

„Die Glocke. Du konntest die Glocke nicht hören, denn sie ist nicht mehr oben auf dem Kirchturm."

Erschrocken setzte ich mich auf. Ein Kirchturm ohne Glocke war völlig undenkbar. Bei der heftigen Bewegung fiel die Taschenlampe polternd zu Boden. Die Mutter hob sie auf und drohte mit dem Finger, doch sie lachte dabei. Dann reichte sie mir einen Teller mit drei kleinen Schnittchen darauf und einem geviertelten Apfel, dazu ein Glas Saft.

„Das darfst du ausnahmsweise gleich im Bett essen."

Etwas verwirrt schaute ich zwischen meinen Eltern hin und her.

Der Vater lachte und erklärte: „Die Glocke wurde heute Vormittag ausgebaut. Sie ist aus Eisen und schon fast durchgerostet. Bald bekommen wir eine neue, eine ganz moderne aus Bronze, die nicht mehr rosten kann und obendrein einen viel schöneren Klang hat."

Die alte Kirchenglocke war früher ebenfalls aus Bronze. Doch sie wurde vor dem Krieg zwangsweise ausgebaut und eingeschmolzen, weil das wertvolle Metall in der Rüstungs-industrie gebraucht wurde. Als Ersatz gab es später eine einfache Eisenglocke, die nur matt und ganz ohne Nachhall klang. Und nun war die Eisenglocke komplett durchgerostet, so dass inzwischen bei fast jedem Glockenschlag einige Teile heraus bröselten.

„Die neue Glocke wird in Thüringen gegossen", wusste der Vater.

„Aber wieso?", rief ich aus. „Du bist doch Former in einer Bleigießerei und kannst selbst die neue Glocke gießen."

Der Vater schüttelte den Kopf. „Das geht nicht. So eine Glocke ist größer als ich."

Das konnte ich mir nun überhaupt nicht vorstellen, denn mein Vater war sehr groß, fast zwei Meter. Und wenn man hoch zum Kirchturm schaute, sah die Glocke eigentlich recht klein aus.

„Du weißt, dass ich immer erst eine Form herstellen muss für alles, was ich aus Blei oder Zinn gießen will. Solch eine riesige Form wie für die Kirchenglocke kann ich in unserer Werkhalle nicht fertigen."

Verwundert schaute ich meinen Vater an. Die Halle war höher als unser ganzes Haus samt Dach und selbst dann länger und breiter, wenn man Schuppen, Garten und die Wiese noch dazu rechnete.

„Ganz wichtig ist der Klang der Glocke. Dazu braucht es einen ganz besonderen Meister, einen speziellen Glockenbauer."

Ich lachte, denn das wollte ich nun gar nicht glauben.

„Onkel Gerhard ist Tischler und baut die hübschesten Schränkchen und Regale aus Holz. Doch er kann keine Geige bauen, obwohl die ebenfalls aus Holz ist."

Nun verstand ich. „Du könntest leicht eine Glocke gießen, vielleicht eine kleinere, doch die würde nicht so schön klingen wie eine, die ein Glockenmeister herstellt."

Mein Vater nickte. „Manche Kirchen haben sogar zwei oder mehr Glocken, die eine richtige Melodie spielen. Jede Glocke hat ihren ganz bestimmten eigenen Klang. So weiß jeder, welche Kirchturmglocke gerade schlägt."

Ich fand das alles ungeheuer spannend und mir fielen sofort noch ganz viele Fragen ein. Doch mein Vater hob mahnend den Zeigefinger und befahl: „Für heute ist es genug. Jetzt wird geschlafen!"

Ich kuschelte mich in meine Decke und nahm mir vor, künftig auf den besonderen Klang jeder Kirchenglocke zu achten. Dann träumte ich von einer wunderschönen großen Glocke aus Bronze.

Die Medaille

Sport mochte ich schon immer. In der Schule war mir Leichtathletik am liebsten. Ich konnte ziemlich weit und auch hoch springen und ausdauernd laufen. Die besten Kinder jeder Klasse wurden für Leistungsgruppen ausgewählt und mussten hart trainieren, um für ihre Schule an den Wochenenden Medaillen zu holen oder sogar in die Sportschule delegiert zu werden. Doch ich hatte keine Lust, mich in meiner Freizeit in Sportgruppen einzufügen. Deshalb gab ich mir im Sportunterricht keine große Mühe. Ich wollte weder besonders gut noch schlecht auffallen.

„Am Sonntag ist Wettkampf im Langlauf, an dem sämtliche Schulen unseres Bezirkes teilnehmen", verkündete unser Lehrer. „Vergesst nicht, eure Bretter gut zu wachsen!", ermahnte er noch.
„Aha", dachte ich. Er spricht nicht vom Laufen, sondern vom Schifahren. Das mochte ich gern. Am liebsten fuhr ich den Hang hinter der Schule hinunter. Das trauten sich nicht viele, denn der Hang war recht steil und endete am

Bach. Wenn man nicht aufpasste, rutschte man direkt ins Wasser und musste nass nach Hause laufen.

„In eurer Altersstufe sind aus unserer Schule Marion, Gisela und Detlef zum Wettkampf delegiert. Wir drücken unseren Teilnehmern die Daumen auf eine Urkunde und vielleicht sogar eine Medaille."

Marion mochte ich gern und hätte sie gern als Freundin gehabt. Sie lachte viel, hatte witzige Einfälle und immer ein nettes Wort für jeden. Doch sie trainierte in mehreren Sport-Leistungsgruppen und hatte somit keine Zeit zum Spielen.

Gisela und Detlef dagegen waren entsetzlich eingebildet auf ihre sportlichen Erfolge. Und obwohl sie in vielen Fächern mit keinen guten Leistungen glänzten, wurden sie für Wettkämpfe vom Unterricht freigestellt.

Doch dieser Wettkampf fand an einem Sonntag statt.

Ich schnallte meine Bretter an und fuhr hinüber zum Start, um mir den Wettkampf anzusehen und besonders Marion ganz fest die Daumen zu drücken.

„Na, Kleine, willst du mitmachen?", sprach mich ein Mann an.

Ich nickte. „Klar." So klar war das gar nicht,

denn ich wusste nicht, dass man sich so einfach selbst anmelden durfte. Schnell nannte ich meinen Namen und das Alter und bekam die Startnummer 56 über meinen Anorak gebunden.

Ich winkte Marion zu, die mich freundlich anlachte. Im gleichen Moment entdeckte ich Gisela, die mit einigen Mädchen sprach und beim Reden mit ihren Armen weit ausholte. Hastig drehte ich meinen Kopf zur Seite und wollte mich zurückziehen. Doch es war zu spät, Gisela hatte mich längst gesehen. Sie winkte den Mädchen, ihr zu folgen und kam mit der ganzen Gruppe direkt auf mich zu. Ihre Hände in die Hüfte gestemmt, lachte sie so laut, dass es über den gesamten Platz schallte und sich viele Kinder nach ihr umdrehten.

„Das darf doch wohl nicht wahr sein! Woher hast du diese vorsintflutlichen Bretter? Aus dem Schuppen von deinem Opa? Wollte er sie im Ofen verbrennen?", höhnte sie.

Die anderen Mädchen kicherten albern. Erst jetzt fiel mir auf, dass alle moderne Langlauf-Schier, besondere Sportschuhe und eng am Körper anliegende Anzüge trugen. Ich dagegen hatte meine normalen Winterstiefel, eine Trainingshose und den Anorak an. Meine Bretter mochten alt sein, doch sie funktionierten tadellos. Mit Schönheit allein kommt man keinen Berg hinunter. Ich hatte meine Schier gut gewachst und war zuversichtlich, nicht als Letzte durchs Ziel zu fahren.

„Du bist gar nicht in unserer Sportgruppe, warst kein einziges Mal beim Training und willst hier mitlaufen?" Gisela lachte wieder und verzog hämisch ihren Mund. „Du bist einfach nur dumm und wirst schon sehen, was du davon hast. Wenn du als Allerletzte angeschnauft kommst, wird die Siegerehrung längst vorbei sein." Sie lachte wieder gehässig, zeigte auf meine Schier und tippte sich dann mit dem Finger an die Stirn.

Am liebsten wäre ich im Erdboden versunken. Was hatte ich mir nur dabei gedacht, hier mitlaufen zu wollen zwischen all den gut trainierten Leistungssportlern?

„Aufstellen! Alle aufstellen! Achtet auf eure Nummern!", ertönte es aus dem Lautsprecher.

Ich blieb absichtlich zurück, um mich unbemerkt zu entfernen. Denn ich hatte keine Lust darauf, mich weiter lächerlich zu machen. Doch da packten mich derbe Hände an der Schulter und eine tiefe Männerstimme brummte: „56, du gehst nach rechts und wartest, bis du aufgerufen wirst!"

Zuerst startete die Nummer Eins, eine halbe Minute später die Nummer Zwei und so weiter.

Mir war schon ziemlich kalt, als ich endlich losfahren durfte. Ich holte mit den Beinen nicht so weit aus wie die geübten Langläufer, doch ich blieb gut in der Spur, kippte nicht um in der steilen Kurve und verlor kaum Tempo beim langen Anstieg. Aller paar Meter überholte ich eines der anderen Kinder, zu meiner großen Freude auch die Angeberin Gisela. Mich selbst hat nicht ein einziger Schifahrer überholt.

Schließlich wurden feierlich die Urkunden übergeben. Gisela bekam keine Urkunde, denn sie schaffte es nur auf Platz 26. Ich war sehr stolz, als der Sporttrainer mir meine Urkunde für den neunten Platz überreichte, meine Hand schüttelte und meine Leistung laut vor allen Kindern und Zuschauern lobte. Die sympathische Marion durfte sogar auf das Siegerpodest steigen und erhielt für ihren dritten Platz die Bronze-Medaille.

Silber – Der Sieger bekommt die Goldmedaille, der Zweite „nur" die Silberne. Silber ist eine eindeutig weibliche, zurückhaltend zarte Farbe, zu der am stimmigsten die Farbe Blau passt. Silber ist eine kalte, unnahbare Farbe. Silber bedeutet – so wie Blau – Distanz.

Er silbern hoch am Himmel thront
zwischen Sternen und Planeten -
Milliarden Jahre schon, der Mond,
erfreut stets Maler und Poeten.

(Elfride Stehle)

Silberstadt Freiberg

„Und wo soll jetzt das ganze Silber sein? Ich sehe keins!", schimpft mein Neffe Tim. „Du hast doch gesagt, Freiberg wäre eine Silberstadt."
„Freiberg ist eine Silberstadt, weil hier vor langer Zeit Silber gefunden wurde", erkläre ich.
„Ein echter Schatz aus Silbermünzen?" Nun ist

179

der Junge ganz aufgeregt und stellt sich ein Abenteuer vor, wo ein Räuber eine Truhe mit einem Schatz vergraben hat.

„Weißt du, vor fast tausend Jahren fuhren zwei Kaufleute hier die Straße entlang." Ich beschreibe mit dem Arm einen Bogen, zeige mit der Hand nach unten, schaue verwundert auf den Boden und reiße wie erstaunt den Mund auf. „Auf einmal entdeckten sie direkt vor sich auf dem Weg ein Glitzern, hielten ihre Kutsche an und stiegen aus. Da lag vor ihnen ..."

„Der Silberschatz?"

Ich nicke. „Ein großer Stein ganz aus Silber. Den haben die Männer sofort in ihrem Wagen verstaut, verkauft und viel Geld dafür bekommen. Doch sie konnten den Fund nicht geheim halten und so kamen viele Leute hierher und suchten genau an dieser Stelle nach Silber. Zuerst war das einfach, denn das Silber lag direkt unter der Oberfläche, doch im Laufe der Zeit mussten sie immer tiefer graben, um Silber zu finden."

„Erzähle weiter!", bittet Tim.

„Die Leute nannten den Ort Christiansdorf."

„Cool! Wie mein Papa, der heißt Christian."

„Genau. Und weil hier jeder frei im Berg nach Silber graben durfte, haben sie Christiansdorf in Freiberg umbenannt."

„Dann waren alle Leute irrsinnig reich", schlussfolgert Tim. „Haben sie auch Gold gefunden?"

„Gold nicht, aber wertvolles Blei und Zink."

Tim zuckt mit der Schulter. Das interessiert ihn nicht und ich erzähle ihm deshalb nichts weiter von diesen giftigen Schwermetallen.

„Die Bergleute wurden nicht reich vom Silber, aber die Stadt. Alle Silberfunde mussten in der Münzprägestelle abgegeben werden und sie erhielten nur eine Art Finderlohn. Freiberg war wegen der Silberfunde lange Zeit die reichste und bedeutendste Stadt Sachsens."

Am nächsten Tag wandern wir an der meterhohen Abraumhalde der Reichen Zeche entlang bis hinunter an den Roten Graben.

„Igitt! Das Wasser sieht eklig gelb aus!", empört sich Tim.

„Der feine Schlamm ist allerdings rot, weil er das Eisenoxid aus dem Bergwerk heraus spülte."

Das ist Tim gleichgültig. Plötzlich schreit er: „Eine Höhle!", und zeigt aufgeregt auf die andere Seite des Baches.

„Die Bergleute sagen Mundloch dazu", erkläre ich.

Tim hält sich die Hand vor den offenen Mund und bringt mich damit zum Lachen.

„Solch ein Mundloch ist der Anfang eines Stollns viele Kilometer in den Berg hinein."

„Stolln?"

„Ja, so nennt man die Tunnel, die die Bergleute gruben, um an das Silber zu kommen. Viele Stolln gibt es heute noch. Einige wurden zugeschüttet, als man kein Silber mehr fand, manche brachen einfach ein. Dann rutscht die Erde von oben nach und es entsteht ein Loch. Ich habe einmal direkt auf dem Postplatz solch ein Loch gesehen, in dem fast ein halber Bus verschwunden ist."

„So riesig?" Tim schaut mich erschrocken an. „Du flunkerst! Gib´s zu!"

„Nein, es ist wirklich wahr", antworte ich.

Der Junge rennt über die Brücke und rüttelt am Gitter, das das Mundloch verschließt. „Das geht nicht auf", beklagt er sich.

„Die Eingänge zu den Stolln wurden verschlossen, damit keiner hineinkriecht. Dort gibt es so viele Gänge, dass man sich verlaufen kann und nicht mehr heraus findet."

Ich zeige auf das Wasser, das aus dem Loch sickert und in den Graben fließt.

„Der Graben ist kein echter Bach, er wurde künstlich angelegt, damit das Wasser aus dem Berg herauslaufen und man das Erz in Kisten darauf schwimmend leichter zur Erzwäsche und zur Hütte transportieren konnte."

Mir fällt das große Wasserrad ein, das eine Art Treppen-Fahrstuhl antrieb, mit dem die Bergleute aus dem Schacht stiegen. Doch ich weiß nicht, wie ich das dem Jungen erklären kann. Ich erinnere mich, dass es im Schaubergwerk ein Modell davon gibt.

„Wenn du willst und Mut hast, können wir uns morgen solche Stolln anschauen und tief unter der Stadt spazieren gehen."

Nun ist Tim nicht mehr zu halten. Er will das Bergwerk sehen.

Wir werden in einem Förderkorb bis hinunter in den Schacht gelassen und befinden uns 150 Meter unter der Erde. Mir ist nicht wohl dabei, doch die Gänge sind fast zwei Meter breit und außerdem beleuchtet. Plötzlich endet der moderne Teil und wir klettern schmale Leitern nach oben und gelangen in ältere Stolln, in denen manchmal nicht einmal Tim aufrecht stehen kann. Schräg quetschen wir uns zwischen den Felsen hindurch. Ich kann mir nicht vorstellen, dass hier große starke Männer Hacke und Meißel schwangen und Körbe voller schwerer Erzgestein heraus schleppten.

Erst gut drei Stunden später sind wir wieder an der frischen Luft. Doch Tim hat noch nicht genug, er bleibt neben dem Bergführer stehen und fragt ihm direkt Löcher in den Bauch.

Da sich der Junge so für Steine interessiert, besuchen wir am nächsten Tag die Mineraliensammlung im Schloss Freudenstein.

„Wow!" Der Eingang leuchtet grell Pink. Von da geht es weiter in einen dunklen Saal, nur die Vitrinen mit den ausgestellten Steinen sind beleuchtet und glitzern in allen erdenklichen Farben.

Hier erfährt Tim, dass in Freiberg das Mineral Freibergis und die Halbmetalle Germanium und Silizium entdeckt wurden. Das ist für den Jungen deshalb interessant, weil beide Metalle heute wichtig für die moderne Elektronik sind und in Wärmebildkameras, Computerchips und Solarzellen eingebaut werden.

Zum Schluss darf sich Tim im Shop noch einen Stein aussuchen.

Am Tag darauf besuchen wir den Dom. Er ist das Wahrzeichen der Stadt. Tim zeigt auf die große Orgel und ruft begeistert aus: „Mann! So viele Rohre aus Silber!"

„Das ist Zinn, das wirklich fast wie Silber aussieht. Doch der Name der Orgel hat mit Silber zu tun, denn der Mann, der sie gebaut hat, hieß Silbermann."

Das findet Tim lustig.

Normalerweise werden Orgelpfeifen aus Blei

und Zink hergestellt, was in Freiberg gefördert wurde. Doch Silbermann bestand auf englischem Zinn. Er wollte für seine Orgeln nur das beste Material verwenden, weshalb viele Kirchen diesen Baumeister ablehnten. Doch der Klang der Silbermannorgeln ist wirklich einmalig und viele weltweit bekannte Organisten fühlen sich geehrt, wenn sie im Freiberger Dom spielen dürfen.

„Und wenn du noch nicht genug vom Silber hast, fahren wir morgen hinauf ins Erzgebirge und zwar entlang einer Straße von mehr als hundert Kilometern bis hinüber nach Tschechien, die Silberstraße heißt."

Silberhochzeit

aus „Liebeslügen"

In zwei Wochen ist nun der große Tag: unsere Silberne Hochzeit. Ich kann es noch gar nicht fassen, dass Uwe und ich schon so lange miteinander verheiratet sind. 25 Jahre! Ich liebe meinen Mann noch genauso wie am Anfang und wenn ich an ihn denke, habe ich nach wie vor Schmetterlinge im Bauch.

Wir heirateten an meinem 20. Geburtstag.
Meine Eltern feierten im gleichen Jahr ihre Silberhochzeit. Sie waren damals 45 Jahre alt – genauso wie wir heute. Sehen wir heute ebenso alt aus wie unsere Eltern damals? Ich fühle mich nicht alt. Uwe mag meine dunkelbraunen Naturlocken, die großen braunen Augen, die schlanke Figur. Ich mache mir keine Sorgen, wenn er sich nach Frauen mit drallen Brüsten umdreht, denn ich weiß, dass er mich liebt und ich ihm vertrauen kann.

Ich lernte Uwe beim Tanz kennen und wusste sofort, dass er dieser eine Glücksfall ist, auf den die meisten von uns vergeblich warten. Nicht, weil er so unbeschreiblich attraktiv war mit seinen schulterlangen dunklen Locken, der schwarzen Hornbrille, dem auffallend großen Mund – er strahlte eine seltsame Ruhe aus, die mich völlig in seinen Bann zog. Ich war unfähig, irgendetwas anderes zu tun als ihn wortlos anzustarren. Er überragte seine Freunde, war sehr schlank und hatte breite Schultern.

Groß ist er immer noch, doch sein Bauch wölbt sich leicht über dem Hosenbund, sein Haar wird langsam lichter und hat einzelne graue Stellen. Trotzdem sieht er nach wie vor blendend gut aus. Ich liebe ihn sehr und brauche ihn, um glücklich zu sein. Ich kann mir kein Leben ohne Uwe vorstellen und möchte ihn keinen einzigen Tag missen. Mit ihm ist alles schöner, jede Mahlzeit, jeder Spaziergang, jeder gemeinsam angeschaute Film. Uwe geht es sicher ebenso.

Wenn er zur Arbeit fährt, verabschiedet er sich von mir mit einem Kuss und wünscht mir einen angenehmen Tag. Meist sagt er, ich solle mich in der Schule, in der ich als Lehrerin arbeite, nicht ärgern lassen. Wenn er aus der Tür ist, winke ich ihm noch lange nach.

Wir haben ein schönes Leben und genießen unseren Alltag. Es gibt kaum noch Streitpunkte, denn wir kennen uns so viele Jahre und haben uns irgendwie aneinander angepasst. Unsere drei Kinder sind aus dem Haus, die Große hat schon eine eigene Familie. Die Jungs studieren beide, der eine in Dresden und der Kleine in Leipzig. Wir telefonieren regelmäßig und treffen uns immer am ersten Sonntag im Monat zum Familientag. Alles läuft ruhig und harmonisch. Uns gefällt diese Regelmäßigkeit.

Seit ich Uwe kenne, denke ich nie mehr als ICH, immer als WIR, als ein Teil vom Ganzen. Für mich sind Liebe und Familie die Erfüllung geworden. Für Uwe mit Sicherheit ebenfalls.

Heute Nachmittag wollen wir noch einmal in den Silbersaal fahren und einige Details für unsere Feier besprechen. Uns gefällt die Idee, im Silbersaal unsere Silberhochzeit zu feiern. Der Gasthof hat an diesem Abend nur für unser Fest geöffnet und bewirtet keine Laufkundschaft. Wir können uns also über den gesamten Gastraum ausbreiten.

Uwe nimmt seinen dicken Kalender, den er immer bei sich trägt, unter den Arm und schließt unsere Wohnungstür ab. Wir gehen zum Auto und fahren los. Kurz darauf biegen wir auf den Stadtring und es gibt ein seltsames Geräusch: „Bupp. Bupp." Irgend etwas muss auf die Straße gefallen sein. Ich drehe mich um und sehe Uwes Kalender auf der Straße liegen und schnell kleiner werden.

„Halte an! Sofort! Dein Kalender fliegt davon."

Uwe bremst und fährt an den Rand. Autos brausen vorbei. Schnell steige ich aus. Ich sehe einzelne Kalenderblätter durch die Luft fliegen. Einige bleiben auf der Wiese neben der Straße liegen, andere weht der Wind weiter oder zurück auf die Straße. Die vorbei fahrenden Autos wirbeln die Seiten hoch. Endlich kann auch Uwe aussteigen und versuchen, so viele Blätter wie möglich einzufangen. Sein Kalender ist wichtig. Er ist die Basis für alle privaten und vor allem dienstlichen Kontakte und Termine und beinhaltet sämtliche Adressen, Telefonnummern, Visitenkarten und Notizen zu Kundenbesuchen.

Uwe rennt hin und her und sammelt die herumfliegenden Seiten auf. Ich kann seine Aufregung verstehen. Doch ich kann mich nicht auf das Sammeln konzentrieren, denn ich habe große Angst, dass ein vorbei brausendes Auto Uwe erfasst, wenn er sich gerade nach einem Blatt bückt.

Ich laufe die Straße zurück, um die dicke Mappe zu holen, aus der immer noch Seiten herausfliegen. Dabei winke ich mit meinem rechten Arm, damit die entgegen kommenden Autos abbremsen und unser Auto und meinen Mann sehen.

Ich hebe die Mappe auf und sammle noch ein paar der herumfliegenden Seiten ein. Viele sind es nicht. Hoffentlich ist der Verlust der vielen Blätter, die wir nicht greifen konnten, nicht gar so schlimm. Uwe sieht jedenfalls sehr besorgt aus, als ich ihm die Mappe übergebe. Beim Einsteigen trete ich zufällig noch auf eine Seite, hebe sie auf und stecke sie schnell in meine Manteltasche. Dann können wir weiterfahren.

„Wie konnte das passieren?"

Mir fällt ein, dass Uwe die Mappe aufs Autodach legte, um seine Jacke in den Kofferraum zu legen.

„Du hast deinen Kalender auf das Dach gelegt. Erinnerst du dich?"

„Lass mich!"

Uwe ist mürrisch und auch im Lokal nicht ganz bei der Sache. Ich kann das gut verstehen, sicher ist er in großer Sorge über die verloren gegangenen Kalenderblätter.

Daheim fällt mir das Blatt in meiner Manteltasche wieder ein. Ich laufe zur Garderobe, ziehe es heraus und streiche es glatt. Es ist etwas schmutzig, aber man kann alles lesen, was Uwe notiert hat: „Gabi, 106-86-96 und eine Telefonnummer. Helga, 108-78-102 und die Telefonnummer." Und noch eine ganze Tabelle weiterer Namen mit diesen seltsamen

Zahlen und Nummern. Was bedeutet das? Das, was ich denke, was es bedeuten könnte, kann es nicht sein. Sicher täusche ich mich und es gibt für alles eine völlig harmlose Erklärung. Doch mein Verstand sagt mir, dass es nicht so ist.

Ich gehe in die Stube, wo Uwe Sport schaut. Ein ganz ungünstiger Moment, ihn anzusprechen und zu stören, doch ich kann nicht warten. Ich stelle mich direkt vor den Bildschirm und halte ihm das Kalenderblatt hin. Er greift danach.

„Was ist damit?"

„Tu nicht so scheinheilig!", platzt es aus mir heraus. „Da stehen Namen und Zahlen und Telefonnummern."

„Na und? Dazu ist der Kalender schließlich da."

Ich reiße ihm das Blatt aus der Hand und lese laut vor: „Gabi, 106-86-96 und eine Telefonnummer. Helga, 108-78-102 und die Telefonnummer. Soll ich weiterlesen?"

„Ich habe keine Ahnung, wovon du redest."

„Ach nein? Diese Weiber hast du alle hübsch sortiert nach Körpermaßen: Brust-Taille-Hintern. Hast du sie angerufen? Dich mit ihnen getroffen? Hast du sie …?" Ich kann es nicht aussprechen.

„Du spinnst!"

Uwe streitet alles mit so viel Wut und Empörung ab, dass ich erschrocken zusammenzucke. Das kann nur bedeuten, dass meine im ersten Zorn ausgesprochenen Vermutungen stimmen. Aber warum? Das muss er mir erklären.

„Rede!", schreie ich ihn an.

„Was hast du denn gefragt?" Uwe schaut demonstrativ an mir vorbei zum Fernseher.

„Sag endlich was!"

„Was soll ich schon sagen? Du weißt doch sowieso alles besser."

„Du hast Recht. Denn alles, was du sagst, ist sowieso nur Lüge. Lüge und Betrug. Du bist ein verdammter Betrüger!"

Uwe schaut mich an – ganz ruhig. Ich sehe in seinen Augen Verachtung. Das trifft mich zutiefst. Mehr noch als sein Betrug. Mir ist mit einem Mal klar, dass er mir nichts sagen wird.

Ich weiß nicht, was ich jetzt sagen oder machen soll, also falte ich das Blatt zusammen. Uwe steht auf, greift grob nach dem Blatt, geht langsam durch die Tür und schlägt diese plötzlich mit Wucht hinter sich zu. Es kracht ohrenbetäubend. Ich zucke zusammen. Soll ich ihm nachgehen? Oder mich aufs Sofa setzen und abwarten? Nein, das halte ich nicht aus. Ich gehe ihm nach und schreie: „Lauf nicht weg, wenn ich mit dir rede!"

„Du redest nicht, du schreist. Und du spinnst."

Uwe umfasst derb meine Oberarme und schiebt mich zurück in die Stube. Dann schließt er hinter mir die Tür. Die Tür zwischen uns ist zu.

Essenszeit. Ich habe keinen Hunger und gehe gleich ins Bett, obwohl es noch hell ist. Vielleicht würde mich Lesen ablenken. Doch ich will mich gar nicht ablenken. Ich will nachdenken. Ich muss nachdenken. Meine Gedanken drehen sich im Kreis und landen trotz der Namen und Zahlen immer wieder bei seinem Blick, der so voller Verachtung war. Er verachtet mich. Dabei bin ich diejenige, die ihn verachten müsste. Doch dazu fehlt mir irgendwie die Kraft. Ich fühle mich entsetzlich unsicher und mir ist schlecht.

Viele Stunden später kommt Uwe ins Schlafzimmer. Er knipst die Deckenlampe an, lächelt mir zu und will mir einen Gute-Nacht-Kuss geben. Ich zucke zurück, setze mich auf, schaue ihn an und bitte: „Willst du mir nicht endlich alles erklären?"

Uwe schüttelt seine Decke auf, legt sich ins Bett und schaut mich an. „Ich werde gar nichts sagen. Kannst du dir nicht vorstellen, dass es peinlich für mich ist?"

„Peinlich? Weiter nichts? Und was ist mit mir?"

„Was soll schon sein? Ich habe dir nichts getan.

Lass mich also endlich in Ruhe. Ich will schlafen."

Uwe löscht das Licht, dreht sich zur Seite und schläft sofort ein.

Wie kann er jetzt schlafen? Bemerkt er meine Not nicht? Oder ist sie ihm gleichgültig? Bin ich ihm gleichgültig? Bin ich nur ein gewohntes Etwas, das immer verfügbar und somit völlig uninteressant ist?

Ich gerate in Panik und kann meine Tränen nicht mehr zurückhalten. In mir verkrampft sich alles und ich fange an zu schluchzen. Mich schüttelt es am ganzen Körper. Uwe merkt es nicht. Das macht mich wütend. Ich schalte meine Leselampe an und setze mich auf. Dabei wackelt die gemeinsame Matratze. Uwe merkt auch das nicht. Ich schubse mit der Hand gegen seine Schulter. Uwe rührt sich nicht.

„Kannst du etwa schlafen?", frage ich laut.

Ich bin wütend und möchte, dass er das weiß. Aber meine Stimme klingt eher zaghaft als zornig.

Uwe richtet sich auf, schaut auf seine Armbanduhr und fragt: „Weißt du eigentlich, wie spät es ist?" Seine Stimme klingt barsch. „Mach endlich das Licht aus!"

Ich lösche das Licht, kann aber nicht schlafen. Also stehe ich auf, nehme meine Decke, setze mich in die Stube aufs Sofa und schalte den Fernseher ein. Es fliegen brennende Autos durch die Luft. In einem anderen Programm küssen sich zwei Verliebte. Ich drücke schnell weiter. „Ruf-mich-an!" Auch das noch. Ich weine wieder. Weinen ist albern, das ist mir klar. Keinem nützen mein Kummer und meine Tränen. Ich gieße mir einen Kirschlikör ein und trinke ihn in einem Zug leer. Das Zeug ist klebrig. Dann stelle ich den Ton leiser, kuschle mich in meine Decke und versuche, mich auf den kaum hörbaren Dialog des Films zu konzentrieren. Das lenkt mich von meinen Grübeleien ab und durch das leise Murmeln der Stimmen aus dem Lautsprecher fühle ich mich nicht so allein.

„Guten Morgen, meine Liebe."
Uwe will mir den gewohnten Kuss geben, doch ich drehe meinen Kopf zur Seite. Er fragt nicht, warum ich auf dem Sofa geschlafen habe. Bei dem Gedanken, dass er gar nicht merkt, wie schlecht es mir geht, geht es mir noch schlechter. Er tut so, als wäre heute ein ganz normaler Tag, als wäre alles wie immer.
Uwe geht ins Bad und rechnet damit, dass ich inzwischen wie immer das Frühstück zubereite. Ich habe weder Hunger noch Lust, für ihn den Tisch zu decken, aber einfach auf dem Sofa

liegenzubleiben ist kindisch. Also stehe ich auf. Uwe setzt sich an den gedeckten Tisch, lächelt mich freundlich an und nimmt einen Schluck Kaffee.

„Du hast trotz allem gut schlafen können?", frage ich.

„Was meinst du mit trotz allem?" Uwes Stimme klingt arglos.

Ich fasse es nicht und schreie ihn an: „Stell dich nicht so dumm! Du bist fremd gegangen!"

„Jetzt geht das Theater schon wieder los. Gib endlich Ruhe!"

„Wie kann ich das? Ich muss wissen, was passiert ist."

„Das geht dich nichts an. Es hat nichts mit dir zu tun. Du hast keinen Grund, dich zu beklagen. Ich gehe morgens wie immer aus dem Haus und komme abends wie immer heim. Pünktlich. Alles ist wie immer."

„Nichts ist wie immer!" Meine Stimme überschlägt sich. Dabei hatte ich versucht, ruhig und gelassen zu bleiben. Aber Uwes Ruhe bringt mich aus der Fassung.

Seine Stimme klingt kalt und sachlich: „Alles, was ich sage, wirst du später wieder aufgreifen und verwenden. Und genau deshalb werde ich überhaupt nichts sagen."

„Aber ich brauche die Wahrheit! Ich brauche sie als Boden unter den Füßen. Ich werde mir sonst eine eigenen Geschichte zurechtlegen, die vielleicht gar nicht stimmt. Ich werde immer wieder neu darüber nachgrübeln."

„Das ist allein deine Sache."

„Ich werde nicht aufhören zu fragen."

„Ich weiß, doch ich werde nicht antworten. Und ich weiß nicht, wie lange ich mich von dir nerven lasse. Ich gehe jetzt."

Uwe nimmt seine Tasche und geht zur Arbeit. Wie jeden Tag. Ganz offensichtlich ist für ihn heute ein Tag wie jeder andere. Nur für mich ist alles anders. Nichts stimmt mehr. Nicht einmal die Vergangenheit. Alles, was wir zusammen erlebt haben, bekommt nun eine ganz andere Bedeutung.

Ich rufe meine Freundin Sonja an und verabrede mich mit ihr.

Den ganzen Tag über quälen mich Kopfschmerzen und das Gefühl, einen schweren sauren Klumpen im Magen zu haben. Allein die Aussicht auf das Gespräch mit Sonja hält mich auf den Beinen.

Schon im Flur fange ich an zu erzählen. Ich lasse nichts aus, keines von Uwes Worten und keinen meiner zermürbenden Gedanken und schließe mit den bestimmten Worten: „Ich werde dieses Schwein verlassen."

Sonja lacht schallend. Entsetzt schaue ich sie

an.

„Du willst Uwe verlassen? Das bringst du nicht fertig. Nie im Leben!"

„Doch! Mich ekelt sein Geruch, mir ist seine kalte Ruhe zuwider. Ich halte seine Gegenwart nicht aus."

„Das mag sein. Aber ohne ihn hältst du es noch weniger aus. Du lebst quasi für ihn. Vielleicht ist ihm das zu eng. Vielleicht mag er das nicht."

„Was mag er nicht? MICH mag er nicht. Er verachtet mich. Das hat er mir gestern deutlich gezeigt."

„Deine Art zu lieben ist viel zu einnehmend", stellt Sonja kühl fest.

„Das verstehe ich nicht. Ich liebe ganz oder gar nicht, rückhaltlos eben."

„Eben!" Sonja breitet ihrer Arme aus, wie um ihrem Wort Nachdruck zu geben. Soll das heißen, dass ich selbst schuld daran bin, dass er fremd geht? Dass ich ihn mit zu viel Zuneigung vertrieben habe? Das ist doch Unsinn.

Sonja spricht weiter: „Je mehr du ihn liebst, desto mehr wirst du leiden, wenn du ihm nicht verzeihen kannst."

„Verzeihen? Wie soll das gehen? Außerdem hat er mit keinem Wort darum gebeten."

Sonja nimmt mich in den Arm. „Jetzt geht es nicht um ihn, sondern allein um dich, meine

Liebe."

„Er hat gesagt, das habe nichts mit mir zu tun."

„Natürlich nicht."

„Wieso? Er hat MICH betrogen."

„Ja und nein. Er hat sich selbst beglückt und dabei nicht an dich gedacht."

„Vielen Dank. Soll mich das etwa trösten?", frage ich vollkommen entsetzt.

„Das ist doch völlig gleichgültig. Wichtig ist allein die Konsequenz, die du daraus ziehst." Sonja fasst meine Hand und hält sie fest. „Du musst entweder so kalt sein wie er oder ihm verzeihen. Sonst gehst du kaputt oder schluckst eines Tages eine Packung Schlaftabletten."

Ich sage ihr nicht, dass ich mir die Tabletten längst besorgt habe.

Sonja gießt mir einen Kognak ein. Ich mag keinen Kognak, doch ich trinke das Glas in einem Zug leer.

„Hast du denn gar nichts geahnt?"

„Geahnt? Nein." Ich schüttle den Kopf und denke nach. „Naja – seit ungefähr einem Jahr verhält er sich anders, irgendwie seltsam. Damals fing er an, sich neue Sachen zu kaufen, ein paar gestreifte Hemden und ein dunkelblaues Jackett, das er auch gut zu Jeans tragen kann. Und ein Parfüm."

Sonja schlägt sich auf die Schenkel. „Wusste

ich's doch! Und du dumme Nuss hast wohl geglaubt, dass er sich für dich so aufbrezelt und eindieselt?"

Mir schießen wieder Tränen aus den Augen. „Er hat gesagt, er wäre nicht für mich verantwortlich."

„Natürlich nicht."

„Aber ich bin seine Frau. Ohne Verantwortung gibt es auch keine Liebe."

Ich merke, dass mich Sonja nicht versteht. Doch zumindest kann ich mit ihr reden. Und sie reagiert auf alles, was ich sage, sie gibt Antwort. Bei Uwe habe ich manchmal das Gefühl, gegen eine Wand zu reden oder mit mir selbst, wenn von ihm keine Reaktion kommt.

„Fangen wir noch einmal von vorn an", bestimmt Sonja. „Du willst ihn verlassen."

Ich nicke.

„Wohin genau willst du gehen?"

„Das ist doch egal! Hauptsache, weg!"

„Gut. Du nimmst also deine drei Koffer, setzt dich in den Stadtbus und fährst weg. An der Endhaltestelle steigst du aus und bist zufrieden."

Sonja schubst mich leicht an der Schulter und lacht. Ich lache nicht. Mir ist zum Heulen zumute. Ich stelle mir vor, wie ich meine Blusen aus dem Schrank nehme und in einen Koffer packe. Aber welche Blusen nehme ich mit und welche lasse ich da? Vorerst zumindest. Und was wird aus meinen Büchern? Uwe braucht keine Bücher, er liest lieber Zeitung.

Sonja reißt mich aus meinen Gedanken. „Und was wird aus deiner neuen Küche? Die Betten? Das Auto? Das Auto läuft sicher auf Uwes Namen, richtig?"

Ich nicke. So kalt und berechnend wie Sonja ist nicht einmal Uwe. Er würde nicht überlegen, wer den Tisch und wer das neue Bett bekommt.

„Mir geht es nicht um ein blödes Möbelstück. Mir geht es darum, dass Uwe mich nicht nur belogen und betrogen hat, sondern mich so eiskalt abserviert."

„Uwe war schon immer eiskalt." Sonja zuckt mit der Schulter. Ich schaue sie entsetzt an. „Du hast es nur nicht gemerkt, ihn immer nur angehimmelt."

Was soll das wieder heißen? Ich liebe ihn. Das heißt, ich habe ihn früher geliebt, jetzt natürlich nicht mehr.

Erbarmungslos spricht Sonja weiter. „Du hebst ihn auf ein Podest, wo er gar nicht hingehört, wo er vermutlich gar nicht sein will. Er ist ein ganz normaler Mann, genauso normal wie mein Klaus."

Das glaube ich jetzt nicht, dass sie meinen Mann mit ihrem ganz gewöhnlichen Klaus vergleicht.

„Du brauchst nichts zu sagen, ich sehe dir an, was du denkst. Ein Mann ist supertoll wie Uwe oder hundsgewöhnlich wie meiner, ein Gott oder ein mieses Schwein. Das ist dein verdammtes Entweder-Oder-Denken."

„Ich finde etwas gut oder schlecht, ich sage entweder Ja oder Nein. Ich hasse es, wenn sich die Leute nicht festlegen wollen und um den heißen Brei herumreden."

„Siehst du, du musst es gleich HASSEN. Sei einfach mal locker!"

„Ach, ich soll mal eben locker hinnehmen, dass mein Mann zu Nutten geht?"

„Er war bei einer Nutte oder bei vielen, aber er hat immerhin keine Geliebte."

Sonja seufzt, so, als ob es keinen Zweck hat, mit mir zu reden. Dann holt sie tief Luft und spricht weiter: „Wenn du Uwe verlassen willst, musst du dir VORHER eine Wohnung suchen. Das musst du gut vorbereiten."

„Und wenn ich ihn einfach rausschmeiße?"

„Vor die Tür stellen wie ein ausgedientes Möbelstück? Das funktioniert nur im Film. Es sei denn, er geht von allein. Vielleicht hat er das längst geplant."

Daran hatte ich noch gar nicht gedacht. Mir wird schlagartig heiß. Ich kann hier nicht mehr so ruhig herumsitzen, ich muss nach Hause. Sofort.

An diesem Abend habe ich kein Essen vorbereitet. Essen war mir bisher immer sehr wichtig. Ich habe stets großen Wert auf einen hübsch gedeckten Tisch und liebevoll zubereitete gemeinsame Mahlzeiten gelegt. Doch nun ist mir der Appetit verloren gegangen und damit auch die Lust am Kochen.

Obwohl es fast 18 Uhr ist und Uwe jeden Moment nach Hause kommen wird, setze ich mich auf die Couch und schalte den Fernseher an. Mir ist gleichgültig, was gesendet wird, ob es ein Film oder eine Talkshow ist. Talkshows mag ich gar nicht, denn eine Gesprächsrunde, der ich nur zusehen, aber nichts sagen kann, ist unerträglich für mich. Doch jetzt ist es mir angenehm, anderen zuzuhören, ohne etwas sagen zu müssen. Oder zumindest das Gefühl zu haben, jemandem zuzuhören, der gerne etwas sagt. Vielleicht ist es das, dass man nichts sagen und sich nicht festlegen muss, weshalb Uwe lieber fremden Leuten im Fernsehen zuhört als mir.

Uwe bemerkt meine Not nicht. Er merkt nur, dass kein Essen bereit steht. Ohne sich zu beklagen, öffnet er den Kühlschrank. Ich höre es im Hintergrund klappern, schaue mich aber nicht um. Dann stellt er ein Glas Rotwein und einen Teller mit Schnittchen, hübsch garniert mit Apfel- und Gurkenscheiben, auf den Couchtisch, setzt sich neben mich aufs Sofa und greift nach der Fernbedienung. Ich hasse es, wenn er ständig hin und her schaltet. Am meisten hasse ich es, wenn er das, was ich gerade ansehe, wortlos wegdrückt. Aber eigentlich ist es mir gleichgültig.

„Du solltest etwas essen!"

Ich knabbere hier und da, aber ich bringe nichts runter. Uwe nimmt eines der Schnittchen und hält es mir direkt vor den Mund. Er will mich füttern wie ein kleines Kind. Genauso komme ich mir vor: klein und sehr hilflos.

„Ich weiß, was du brauchst." Uwe ist sich sicher – wie immer.

„Mag sein. Aber ich mag es nicht, wenn du besser weißt als ich, was ich brauche.

„Das ist nach 25 Ehejahren normal. Meinst du nicht?"

„Möglich. Aber ich kenne dich nicht."

Uwe lacht. „Und ob du mich kennst! In- und auswendig!"

„Ich weiß, was du sagen oder machen oder eben nicht sagen und nicht machen wirst. Aber ich kenne dich nicht, weil ich deine Gedanken nicht kenne. Du sprichst über Politik und Sport, aber du sprichst nicht über dich. Doch genau das ist es, was mich interessiert: deine Gedanken und Gefühle." Leise füge ich hinzu:

„Falls du überhaupt Gefühle hast."

„Jetzt übertreibst du wieder!", tadelt Uwe.

Ich merke plötzlich, dass ich ihn gar nicht mag und rücke ein Stück weg von ihm. Mir ist seine Nähe, die ich bisher immer suchte, zuwider. Ich fühle mich nicht mehr wohl in seiner Nähe.

„Liebst du mich nicht mehr?" Das ist keine wirkliche Frage, Uwe will nur eine Bestätigung.

„Nein", antworte ich sofort und bin von diesem Nein fest überzeugt.

„Das glaube ich nicht." Uwe nimmt die Fernbedienung und zappt sich weiter durch die Programme. Für ihn ist das Gespräch beendet. Wahrscheinlich macht er sich keine weiteren Gedanken und schon gar keine Sorgen, während mich meine Sorgen schier erdrücken.

Ich lege mich ins Bett, gleich in meiner Tageskleidung. Wozu dieser ganze Zirkus mit Zurechtmachen und Duschen? Ich kann diesen Mann nicht mehr ertragen. Mir ist übel. Ich will schlafen und an nichts denken. Dabei weiß ich, dass ich nicht schlafen kann, wenn er nicht neben mir im Bett liegt. Je länger ich so daliege und nachdenke, desto wacher werde ich.

Ich liege wach, als er endlich ins Bett kommt. Sicher ist Mitternacht längst vorbei – wie üblich. Dieses Mal schaltet er die Deckenlampe nicht an. Ich atme langsam und gleichmäßig. Ich will, dass er denkt, ich schlafe. Er legt sich ins Bett und ich merke seine Hand, die nach mir sucht. Das halte ich nicht aus. Ich stehe auf und gehe in die Küche. Gibt es ein Mittel gegen Ehepartnerabneigung? So wie es ein Mittel gegen Erkältung gibt? Ich habe kein Mittel gegen meine erfrorenen Gefühle, aber ich habe Wodka. Ich gieße mir gleich ein ganzes Wasserglas voll ein und trinke es in einem Zug leer. Das hilft. So langsam bildet sich ein Wattefilm in meinem Kopf und ich kann mich aufs Sofa legen. Leider habe ich die Decke vergessen, doch das ist mir gleichgültig.

Am nächsten Morgen wache ich mit Kopfschmerzen auf. Mir ist klar, dass ich Uwe immer noch nicht mag. Das tut mir nicht leid, es ist eben so. Er ist schon zur Arbeit gegangen. Umso besser. Ich reiße die Fenster auf, alle. Irgendwie stinkt es erbärmlich in der Wohnung. Ich muss mich beeilen, nehme eine Aspirin, dusche und ziehe mich an. Dann laufe ich rasch zur Schule. Unterwegs fällt mir der Spruch meiner Oma ein: „Liebe ist keine Sache des Gefühls, sondern des Willens." Schlagartig wird mir klar, was genau Oma damit gemeint hat. Dazu muss ich allerdings erst einmal herausfinden, was ich will. Vielleicht könnte ich ihm sein Fremdgehen verzeihen, da es sich offenbar allein um Sex, um etwas Körperliches handelte. Doch Uwe hat mich nie um Verzeihung gebeten. Er bedauert offenbar sein Verhalten nicht. Er achtet mich nicht. Ich achte ihn auch nicht. Kann man jemanden lieben, den man nicht achtet? Muss man sich nach 25 Ehejahren überhaupt noch lieben? Kann man auch ohne Liebe zusammenleben? Nein, das wird nicht funktionieren.

Ich kann nicht wie Uwe so tun, als wäre nichts geschehen, als gäbe es einen ganz normalen Morgen, einen ganz normalen Tag, eine ganz normale Nacht. Ich ertrage es nicht, neben ihm im Bett zu liegen. Noch weniger ertrage ich seine Hände, die wer weiß wen oder was berührt und gestreichelt haben. Ich ertrage seine Nähe nicht. Doch würde ich es ohne seine Nähe aushalten? Ich weiß es nicht. Könnte ich ohne ihn leben?

Bis zur Silberhochzeit sind es noch zehn Tage. Ich muss das Fest unbedingt absagen. Also setze ich mich an den Schreibtisch und notiere die Namen von all den Gästen, die wir vor drei Monaten eingeladen hatten und die sich auf das große Fest freuen. Auch ich hatte mich darauf gefreut. Ich feiere sehr gern und diese Feier wäre etwas ganz besonderes. Wäre. Wird aber nicht.

Ich überlege, ob ich per Telefon absagen soll. Nein, da werden mir Fragen gestellt. Am einfachsten ist eine kurze Mail oder SMS „Feier fällt aus". Muss man so eine Absage begründen?

Ich stelle mir die Gesichter meiner Kinder vor, meiner Schwester, meiner Freundin, während sie die Nachricht lesen. Außer meiner Schwester sind nur unsere Eltern so lange verheiratet wie wir. Die anderen Paare, die wir kennen, sind alle längst geschieden. 25 Jahre – so lange wie unsere halten nur noch wenige Ehen. Die meisten Paare laufen viel zu schnell auseinander, manche schon nach dem ersten Streit. Wir haben jedenfalls viel gestritten während der ersten Jahre.

Ob gute oder schlechte Jahre – es waren 25 Ehejahre und das sollte gefeiert werden. Jetzt bin ich mir sicher, dass ich das Fest nicht absage, sondern wie geplant mit all unseren Freunden und Verwandten feiere, die uns während der 25 Jahre unserer Ehe zumindest stückweise begleiteten.

Danach sehen wir weiter.

Gold ist die teuerste und exklusivste Farbe, eine warme Farbe. Bei Gold denkt man an Pracht, Prunk und Herrlichkeit. Gold und Sonne sind miteinander eng verbunden, als Träger des Lebens, der Wärme und Macht, die Menschen glücklich zu machen. Da es nicht rostet oder verrottet, symbolisiert Gold auch das Beständige, das ewig Haltbare, das Unvergängliche.

Ein erfolgreicher Sänger hat Gold in der Kehle, ein erfolgreicher Manager eine goldene Nase fürs Geschäft, ein „Goldgräber" ist auch ein Mann, der eine Idee gehabt hat, die ihn reich macht. Erdöl heißt heute noch schwarzes Gold und Whisky flüssiges Gold, Elfenbein war früher das weiße Gold.

Gold ist auch die Farbe der Verblendung und des Falschen. Wenn jemand in einem goldenen Käfig gefangen ist, dann meint man, dass er nicht glücklich ist.

Der goldene Käfig

Johanna wurde von allen beneidet, von ihren Verwandten, ihren Nachbarn und vor allem von ihren Freundinnen. Sie lebte auf dem Land in einem abgelegenen Dorf. Dort hatte sie ein wunderschönes großes Haus mit einer riesigen Terrasse, von der sie hinunter in die gepflegte Gartenanlage blicken konnte. Arbeit hatte sie mit dem Garten nicht, denn um die Bäume, Sträucher, den Rasen und die vielen Blumen kümmerte sich ein Gärtner. Er fütterte auch die Goldfische im Teich und versorgte die Wasserpflanzen. Johanna konnte in ihrem Liegestuhl liegen und in Zeitschriften blättern. Neben ihr stand meist ein Glas Limonade, die ihr die Haushälterin auf den kleinen Tisch nebenan stellte.

Nicht einmal um das Haus musste sich Johanna kümmern, denn außer der Haushälterin gab es eine Putzfrau, die täglich die Teppiche saugte, die Böden wischte, die Wäsche wusch und nach dem Bügeln in den Schrank räumte.

Zum Mittag brachte man ihr einen Salat und ein Sandwich mit einem Belag, den sie jeden Tag neu wählen konnte. Danach fuhr sie in die

Stadt. Manchmal kaufte sie sich ein neues Kleid oder eine Handtasche.

Pünktlich 16 Uhr war sie wieder daheim, denn um diese Zeit brachte der Schulbus ihren Sohn Jonas zurück. Johanna hätte gern gesehen, dass Jonas Klavierunterricht genommen hätte, doch er interessierte sich allein für Fußball. Deshalb fuhr sie ihn fast täglich zum Training in die Nachbargemeinde.

Zu den Wettkämpfen am Wochenende begleitete Johannas Mann seinen Sohn. Das war Männersache, ebenso wie das Pizza essen anschließend. Johanna blieb dann allein zu Haus. Sie war sehr oft allein, eigentlich immer. Ihr Mann Detlef kam selten vor 22 Uhr nach Hause. Er arbeitete hart in einer eigenen Baufirma. Tagsüber kontrollierte er seine Arbeiter auf den Baustellen und am Abend erledigte er die Büroarbeit. Er war sehr stolz auf seinen Erfolg und auf das, was er seiner Familie bieten konnte. Johanna mangelte es an nichts, was für Geld zu haben war. Auch Jonas wurde jeder Wunsch erfüllt. In seinem Zimmer stapelte sich die modernste Unterhaltungstechnik, die man sich nur vorstellen konnte.

Eines Tages eilte Johanna in der Kreisstadt über die Straße. Dabei brach ihr Absatz und sie stürzte.

„Kann ich helfen?", hörte sie eine besorgte Stimme. Und schon griffen zwei kräftige Hände unter ihre Arme und zogen sie sanft nach oben. Doch Johanna konnte nicht auftreten, denn ihr Fuß schmerzte höllisch. Plötzlich fühlte sie sich hochgehoben wie ein kleines Mädchen. Kurz darauf saß auf einem Stuhl im nahen Café und ein fremder Mann schaute ihr freundlich ins Gesicht. Johanna blickte in warme braune Augen.

„Haben Sie Schmerzen?" Der Mann zog ihr den Schuh vom Fuß und befühlte vorsichtig ihren Knöchel.

Johanna nickte.

„Ich rufe sofort den Notarzt. Bitte warten Sie einen Moment!"

Als er zurück kam, erklärte er: „Ich besitze kein Handy. Doch im Café konnte ich telefonieren. Gleich kommt der Arzt. Soll ich so lange warten?"

Wieder nickte Johanna. Sie kramte in ihrer Handtasche und holte eine Visitenkarte heraus, die sie dem Mann übergab.

„Ah! Frau Burghardt, angenehm. Mein Name ist Stefan, Stefan Stiller. So eine Karte habe ich allerdings nicht."

Der Mann hob bedauernd die Schultern und lachte, Johanna lachte mit.

Nach wenigen Minuten traf der Arzt ein und untersuchte Johannas Knöchel. „Das müssen wir röntgen. Vermutlich ein Bänderriss, tut mir leid."

„Fahren Sie mit! Ich bitte Sie!" Johanna schaute direkt flehentlich zu Stefan auf und griff nach seinem Arm wie nach einem Rettungsring. Sie wusste, dass ihre Bitte unverschämt war, doch sie fühlte sich plötzlich so elend und verlassen, dass ihr die Worte fast von allein aus dem Mund schlüpften.

„In Ordnung, ich habe Zeit", erwiderte Stefan gelassen.

Während der Fahrt ins Krankenhaus klammerte sich Johanna an Stefan fest, so, als kenne sie ihn schon lange. Sie hatte das Gefühl, dass allein seine Nähe ihr half.

Nach einer guten Stunde kam Johanna hinaus auf den Gang. Ihr Bein war dick eingebunden. Stefan lief eilig auf sie zu und stützte sie.

„Sie sind noch hier?", rief sie überrascht aus.

„Ich habe meinen Mann informiert, doch er kann leider im Moment nicht weg."

„Natürlich." Stefan nickte.

„Die Schwester hat bereits ein Taxi gerufen. Ich komme zurecht."

„Natürlich", wiederholte Stefan. „Ich warte noch und begleite Sie dann hinaus. Ist Ihnen das recht?"

Dankbar schaute Johanna zu dem freundlichen Mann auf und nickte ihm zu.

„Ein Herr Stiller wünscht Sie zu sprechen." Die Haushälterin reichte Johanna das Telefon.

„Burghardt, guten Tag", meldete sie sich.

„Hier ist der Stefan, Stefan Stiller, der Sie auf der Straße aufgesammelt hat. Wie geht es Ihnen?"

„Gut, danke. Ich muss noch ein paar Tage die Schiene tragen. Dann kommt eine Therapeutin zu mir, damit ich bald wieder laufen kann."

„Das freut mich." Nach eine Pause ergänzte Stefan: „Ich hatte mir Sorgen gemacht."

„Das ist sehr nett von Ihnen, wirklich. Vielen herzlichen Dank für Ihre Hilfe."

„Darf ich Sie wieder anrufen? Ich meine, ich möchte sicher sein, dass es Ihnen gut geht."

„Gern", sagte Johanna und legte auf.

Stefan rief jeden zweiten Tag an und Johanna erzählte ihm, welche Fortschritte sie inzwischen gemacht hatte.

„Morgen darf ich einen längeren Spaziergang machen. Haben Sie Lust, mich zu begleiten?"

„Aber sicher!", rief Stefan erfreut aus.

Johanna und Stefan trafen sich nun regelmäßig. Sie erzählte, dass ihr Mann großes Theater gemacht hatte, weil sie nicht operiert worden war. Doch der Arzt meinte, einen Bänderriss muss man nicht unbedingt operieren.

„Darüber bin ich eigentlich sehr froh", erklärte Johanna.

„Ich auch", bestätigte Stefan.

Stefan erkundigte sich bei jedem Treffen zuerst, ob Johanna Schmerzen habe, wie es ihr geht, ob er etwas für sie tun könne. Das tat ihr sichtlich gut und sie wurden immer vertrauter. Schnell war die förmliche Anrede vergessen.

Johanna hatte jetzt mehr Zeit als vorher, da Jonas inzwischen allein mit seinem Fahrrad zum Fußballtraining fuhr.

„Wie kommt es, dass du so viel Zeit für mich hast?", wollte sie eines Tages wissen.

Zuerst druckste Stefan herum, dann gab er zu, schon längere Zeit arbeitslos zu sein. Er war Fliesenleger und musste jahrelang häufig auf Knien kauernd arbeiten. Nun habe er Kniegelenkarthrose. Das sei eine anerkannte Berufskrankheit, die ihm nach fast zwanzig Arbeitsjahren eine kleine Rente einbringe. Miete müsse er keine aufbringen, weil er im Haus seiner Mutter wohne und sich um sie kümmere.

Johanna machte es glücklich, wie Stefan sie umsorgte. Das war ein völlig neues Gefühl für sie. Vor allem, dass sie mit so viel Respekt behandelt wurde. Es dauerte nicht lange und die Beiden wurden ein Paar.

„Es ist soweit. Ich habe alles gepackt und werde wie besprochen zu meinem Freund ziehen", erklärt Johanna ihrem Mann.
„Zu diesem Habenichts?"
„Er hat sehr viel, denn er hat Zeit."
„Davon kannst du dir nichts kaufen."
„Ich konnte mir bisher alles kaufen – Kleider, Schuhe, alles. Nur eben keine Zeit. Du hattest nie Zeit für mich", warf sie ihm vor.
„Ich musste schließlich arbeiten, um dir dein Luxusleben zu ermöglichen."
„Ich brauche keinen Luxus. Mir wäre deine Gesellschaft viel lieber gewesen als ein neues Kleid oder schon wieder ein neues Auto."
Das verstand Detlef nicht. Frauen freuten sich immer über Kleider und Schmuck, das wusste jeder. Ihr fehlte es an nichts, sie hatte mehr als sie brauchte. Das machte ihn wütend.
„Du bist ein undankbares Weibsstück!", schrie Detlef.
Johanna kannte Detlefs Wutausbrüche, doch sie fürchtete sich nicht vor ihnen. Ruhig sagte sie: „Ich wäre so gern einmal mit dir in den Urlaub gefahren."
„Du warst in jedem Jahr mit Jonas weg – im

Winter zum Schifahren und im Sommer am Strand."

„Aber nicht mit dir", entgegnete Johanna leise.

„Sollte ich die Firma etwa schließen? Irgendwer muss schließlich arbeiten."

Johanna nickte. „Auch ich werde wieder arbeiten gehen."

Detlef lachte, es klang gehässig. „Das wirst du auch müssen, denn von mir bekommst du keinen Cent."

„Jonas kann in die Schule bei mir in der Nähe wechseln."

„Einen Teufel wird er! Jonas bleibt bei mir. Er wird im Sommer bei mir seine Lehre beginnen und irgendwann die Firma übernehmen."

„Aber ..."

„Nix aber! Du hast keinen Sohn mehr."

Johanna zuckte zusammen. Dann holte sie tief Luft und presste die Worte heftig aus dem Mund. „Wir sind nicht das erste Paar, das sich trennt. Wir werden uns einigen."

„Dann frage ihn doch, wenn du den Mut dazu hast!" Wieder lachte Detlef. Dann rief er laut nach Jonas.

Der Junge sah seine Mutter im Flur stehen und schrie: „Was will die noch hier?" Dann drehte er sich zu Johanna um und spuckte ihr vor die Füße. „Ich hasse dich! Du bist eine undankbare Schlampe. Das sagen alle in meiner Klasse und die Bäckersfrau auch. Ich will dich nie wieder sehen."

„Aber Jonas. Ich habe es dir doch erklärt."

„Du musst mir nichts erklären. Ich bin alt genug, um zu verstehen, was du für eine bist. Ich will dich nie wieder sehen." Jonas schlug die Tür hinter sich zu.

„Er ist verletzt. Er wird sich wieder beruhigen", sagte Johanna mehr zu sich selbst.

„Wenn du jetzt gehst, kannst du dich hier nie wieder blicken lassen, auch nicht bei der Verwandtschaft und unseren Freunden. Sie haben schnell gemerkt, was du für ein Flittchen bist. Du Hure!" Die letzten Worte spuckte Detlef seiner Frau mitten ins Gesicht und grinste hämisch dazu. „Du dummes Weib hast alles kaputt gemacht." Damit ließ er Johanna einfach stehen.

Johanna hat nichts kaputt gemacht, sie ist nur aus ihrem goldenen Käfig heraus geflattert.

Da war Gold in deinen Augen,
Gold auf deinem Haar.
Musst mir heut und immer glauben,
dass noch nie ein Tag so herrlich war.

(Fred Kerstien)

Goldmarie

Angela und Helene sind Schwestern und so verschieden voneinander wie es wohl nur Geschwister sein können. Angela bedeutet Engel und sie war auch einer; ein ruhiges und folgsames Kind, das keine Widerworte gab und brav mit seiner Puppe spielte. Zudem glich Angela auch optisch einem Engel mit ihren goldblonden Locken und großen blauen Augen. Helene hatte braune Augen und um ihr meist schmutziges Gesicht kringelten sich dunkelbraune wilde Locken. Puppen mochte sie nicht und schon gar nicht Vater-Mutter-Kind spielen.

Sie lief lieber hinaus in den Wald, baute Dämme im Bach oder suchte Wildkatzen. Sie kannte den Hügel, wo die Katzen sich versteckten und versuchte, die Kleinen zu erwischen und mit ihnen zu spielen. Doch die kleinen Kätzchen bissen und kratzten derart heftig und wanden sich in Helenes Händen wie Fische im Wasser, so dass sie sie nie lange halten konnte.

Angela behielt ihre Gedanken für sich, während man in Helenes Gesicht auch das kleinste Gefühl ablesen konnte, obwohl sie ohnehin alles, was ihr durch den Kopf ging, in die Welt hinaus posaunte.

Sie brachte es nicht fertig, so lange wie ihre Schwester bewegungslos auf einem Stuhl zu sitzen und zu träumen. Nur beim Lesen hielt Helene still und vergaß alles um sich herum. Sie hörte nicht einmal die Mutter rufen, sondern versank völlig in die Geschichten ihrer Bücher. Angela mochte keine Bücher, doch Geschichten hörte sie gern. So kam es, dass Helene ihrer Schwester oft vorlas.

Eines Tages las sie das Märchen „Frau Holle". Die Geschichte von der Goldmarie und der Pechmarie gefiel beiden Mädchen sofort und sie spielten sie draußen auf der Wiese nach. Angela mit ihren blonden Haaren fühlte sich glücklich als Goldmarie und die dunkle Helene stellte hingebungsvoll die Pechmarie dar. Für Frau Holle holte Angela ihre große Puppe und statt in den Brunnen sprangen die Schwestern in den Hasenauslauf. Der ganze Nachmittag verging mit diesem Spiel, das erst die Mutter mit dem Ruf zum Abendessen beendete.

Bei Tisch rief Angela begeistert: „Ich bin die Goldmarie und Helene die faule Pechmarie!"

„Nein!", schrie Helene. „Ich habe die Pechmarie nur gespielt. Beim nächsten Mal bin ich die Goldmarie."

„Das geht nicht!", stellte Angela fest. „Ich habe die goldenen Haare, also kann nur ich die Goldmarie sein."

„Dann setze dir eine schwarze Mütze auf, da sieht man deine Haare nicht mehr."

„Nein, ich bin die Goldmarie und bleibe sie für immer. Du bist nur neidisch, weil du nur schwarze Haare hast."

„Mir gefallen meine dunklen Haare tausendmal besser als deine gelben", argumentierte Helene.

Doch Angela lachte nur. Sie glaubte ihrer Schwester nicht. „Pechmarie! Faule Pechmarie!", rief sie immer wieder.

„Schluss jetzt!", befahl die Mutter streng und erklärte: „In dem Märchen solltet ihr lernen, dass Fleiß und Freundlichkeit belohnt und Faulheit und Garstigkeit bestraft werden. Dafür stehen die beiden Namen Goldmarie und Pechmarie. Ihr habt auch Namen, die etwas bedeuten. Helene bedeutet die Strahlende und passt sehr gut zu dir, meine Liebe." Sie strich

Helene sanft eine Locke aus dem Gesicht. „Weil du so viel lachst und immer fröhlich bist." Dann schaute sie ihre andere Tochter an. „Angela bedeutet Engel." Nun wurde ihr Blick streng. „Doch wenn du deine Schwester Pechmarie schimpfst, kommst du mir gar nicht wie ein Engel vor und auch nicht wie eine Goldmarie."

Bisherige Veröffentlichungen von Petra Weise:

Erinnerungen aus dem Leben der Autorin gibt es in **„Ein halbes Leben"** und den Fortsetzungen **„Ein ganz anderes Leben"** und **„Das Leben geht weiter"**.

„Liebeslügen oder der ganz normale Wahnsinn" bietet 15 spannende Kurzgeschichten über die Liebe - wahre Liebe, vorgespielte Liebe, enttäuschte Liebe, betrogene Liebe. Glücksseligkeiten, die oft in Katastrophen enden.

„Mein Hund Benno – tierische Begegnungen" ist ein unterhaltsamer Roman über die Abenteuer der beiden komplett verschiedenen Familienhunde der Autorin.

„Eine verhängnisvolle Diagnose und 14 weitere Kurzgeschichten" erzählen aus dem oft gar nicht alltäglichen Alltag der Autorin während der 80er Jahre.

Außerdem sind zahlreiche Kurzgeschichten von Petra Weise in verschiedenen Anthologien veröffentlicht.

www.autorinpetraweise.de
fb/me@AutorinPetraWeise.de